JN148599

妹と旦那様に
子供ができたので、
離縁して隣国に嫁ぎます

冬月光輝

Koki Fuyutsuki

Regina

RB

レジーナ文庫

Characters
登場人物紹介
エレシア
エルクトン侯爵家の長女。
非常に真面目な性格で、
学業優秀かつ
魔法の素質も高い。
レオン
アーツブルグ王国の第三王子。
13年前からずっとエレシアを
一途に想い続けていた。

リック
王室の護衛で、
元騎士団の団長。
ターニャ
王室の護衛で、
凄腕の鑑定士。
アンネリーゼ
アーツブルグ王国の
聖女。
ファルマン
ベルモンド公爵家の嫡男で
エレシアの元夫。
レナと不倫して子供を作り、
エレシアと離縁した。
レナ
エルクトン侯爵家の次女。
どうやら姉エレシアを敵視
しているようだが……

目次

妹と旦那様に子供ができたので、
離縁して隣国に嫁ぎます

◇プロローグ

「……こ、こんな理不尽がまかり通っていいはずがありません！」

私——エレシア・エルクトンが声を荒らげると、夫も義両親もとっさに妹を庇《かば》った。

ベルモンド公爵家に嫁いで三年もの間、私と夫であるファルマン・ベルモンドの間には子供ができなかった。

そんな中、夫が過ちを犯す。

彼の挙動が明らかに不審だったため、偽の用事を作り外出したふりをすると……夫は屋敷に女性を入れていた。

——思ったとおり、夫は不倫していたのである。

夫が不倫したこと自体は非常にショックで、その光景を見てしまったことに吐き気を催すほど苦痛を感じた。しかし一番心に突き刺さったのは、夫の不倫相手が妹のレナ

だったことだ。

レナ・エルクトンはエルクトン侯爵家の次女であり、五歳離れた私の妹。可愛らしくて器量の良い彼女のことを、両親は甘やかして育てていた。

その代わり両親は私に対して「必ず良家の子息と婚姻するように」と、厳しく学問や教養を学ばせ、私は夫に見初《みそ》められるまで必死に努力し続けたのだ。

特に熱心だったのは魔法だ。

エルクトン家は、魔術師として名を馳《は》せた結果、侯爵の爵位を頂戴《ちょうだい》したという歴史があるので、両親も長女の私には厳しい訓練を強制したのである。

その結果ベルモンド公爵家嫡男《ちゃくなん》――夫と婚姻することができ、私に冷淡だった両親も未来の公爵夫人だと喜んでくれた。夫は優しく、私もそれなりに幸せな結婚生活を送っていた……

そう思っていたのに。

聞くところによると、夫と妹は半年前から関係を持っていたらしい。

もちろん、こんなことは許されることではない、と義両親も最初は夫を咎《とが》めた。

しかしながら、妹の妊娠が発覚したことで形勢は一気に傾いた。

長く子供ができない姉《わたし》。

かたや、待望の孫を作った妹《レナ》。

ベルモンド公爵家にとって、どちらが大切なのかは明白だった。

段々と義両親は、夫が私と離縁して妹と婚姻すればすべてが丸く収まる、というようなことをやんわり……ではなくハッキリと仰《おお》せになられるようになり、その様子を見ていた実両親も「姉なのだから我慢しろ」と可愛い妹の味方をする。

私は一瞬で四面楚歌《しめんそか》に追いやられた。

「エレシア、お前が怒る理由もよく分かる。だが、僕は真の愛に惹《ひ》かれてしまったのだ。……お前は僕と結婚したかった訳ではなく、公爵家との結婚が望みだったのだろう？　そこに愛はあるのかな？　思えば、婚約中からそんな気はしていたのだ。あの時点で婚約を解消しなかったことを悔やんでいる」

「お姉様、なぜレナの幸せを奪おうとするのですか⁉　お腹の子供にお父様がいないのは不幸だと思いませんか？」

そして最後には、私が悪者に仕立てあげられる。

私は愛し合う二人とその間にできた子供の幸せを奪う悪女。そのような構図がいつの間にかでき上がっていたのだ。

銀髪で地味だと言われていた私と違い、レナは華やかな桃色の髪をなびかせて、私の夫に仲睦まじそうに寄り添っている。

私と同じ紫色の彼女の瞳は、勝ち誇ったように妖《あや》しく輝いていた。

「家のことを想うのなら、ベルモンド家の跡取りとなるやもしれぬ子供を宿したレナのために身を引きなさい。君のお父上もそれを望んでおられる」

「そもそも三年もの間、何をしていたのです？　夫を繋ぎ止められなかったことを恥じなさい。次の婚姻のための良い勉強になったでしょう」

義両親も私に対して悪意をぶつけるようになり、ついに私は夫との離縁を了承した。

――今までの私の人生はなんだったんだろうか。

両親の望むとおりに努力して、両親の言う幸せを掴むために歩んできたのに、横入りした妹にそれをすべて掠《かす》めとられてしまった。

これでは、私が馬鹿みたいではないか。こんなの屈辱的すぎる……

「出戻った娘がいると家の雰囲気が悪くなるな」

実家に戻った私が悲しみに暮れていると、父は私の心を抉《えぐ》るようなことを言う。

それならば、そうならぬように私の味方になれば良かったのに、両親は可愛い可愛い妹を庇《かば》って、彼女をろくに叱りもしなかった。

それだけではない。両親はレナが私の夫の子供を身籠《みごも》ったにもかかわらず、彼女を称賛したのだ。

「レナはよくやった。そもそもお前がファルマン殿を満足させて子を生しておれば、彼は他の女に手を出したりなどしなかっただろう。それならば、彼の相手があの子《レナ》だったことはエルクトン家にとって幸いだったと思わんか？」

父のこの言葉を受けて、私の心は完全に壊れた。

ベルモンド家の跡取りを作ることができない自分は欠陥品だ、と言われたような気がしたから……

私はもう二度と笑うことができない。感情というものは、こうも簡単になくなってしまうのか。

この世界は何もかもが真っ白で無機質に見える、無感動な世界。

少し前まではこんなことになるなんて、思いもしなかった。

◇第一章『幼き日の約束』

私が実家に戻って一週間ほどが経ったころ。

離縁してからずっと無感情だった私は、目の前の人物を見て驚いてしまった。

エルクトン邸──つまり我が家に客人が現れたのだ。

「エレシア、久しぶりだな。前に会った日のことを覚えているか？」

「れ、レオン殿下？」

客人は私の住むクルトナ王国の隣国、アーツブルグ王国の第三王子、レオン殿下。

綺麗な金髪に整った顔立ち。こんなにも美しく気品のある姿に成長しているとは思わなかった。

たしかに彼とは昔、会ったことがある。

あれは彼がまだ五歳くらいで、私が十三歳だったころ──つまり十三年ほど前。

彼が護衛の目を盗んでパーティー会場から抜け出し、迷子になってしまっていたところを、私が声をかけたのだ。

お付きの護衛が、ようやく見つかった彼のもとに血相を変えて駆け寄ったのを覚えている。何度もその護衛の方からお礼を言われたっけ。

それから、アーツブルグ王家の方がわざわざ父のもとに挨拶しに来られた。それがきっかけで彼に懐《なつ》かれて、遊びに付き合ってあげたのも覚えている。

あんなにも小さな男の子がこんなに大きく立派になっているなんて。十三年という時の長さを感じてしまう。

「あの時の約束をようやく果たすことができる。エレシア、君を迎えに来た。私の妻になってくれ！」

目の前で跪《ひざまず》いて手を差し伸べる金髪の青年の声を聞いて、思わず私は息を呑んだ。

これまで何もかもが真っ白に見えていた私だったが、今度は頭の中が真っ白になる。

えっと……私ったら精神的に参ってしまって、耳までおかしくなったのだろうか。

「エレシア？　エレシアよ。聞いているのか？」

私がボーッとしていることに驚いたのか、レオン殿下は立ち上がり私の肩をさすった。

いいえ、私の意識ははっきりしている。

でも、空のように美しいアイスブルーの瞳で見つめられながら〝結婚〟というワードを聞いたものだから、声を失っていただけだ。

「で、殿下……座ってお話ししませんか？」

「う、うむ。そうだな、悪かった。二人きりになって早々にする話ではなかったな」

客室に殿下を案内してすぐの会話がこれだったので、私は自分が落ち着くために、まずはソファーに座ってもらうことにした。

使用人が彼の前に紅茶を出すと、彼は丁寧に礼を述べて再び私を見据える。

「で、さっきの私の言葉は聞こえていたかい？　返事を頂けると嬉しいのだが」

「は、はい。話は聞きましたが、その、妻に迎えるというご冗談を仰《おお》せになるとは思いませんでしたので」

たしか、殿下は今年で十八歳になったはず。

結婚相手を探すこと自体は自然というか王族としては遅いくらいで、こんな年上の出戻り女に求婚するなんて冗談に決まっている。

とっくにアーツブルグ王国の若いご令嬢と婚約しているのが普通なのだ。

なんで冗談を言ったのかは分からないが、それだけ殿下の言ったことは荒唐《こうとう》無稽《むけい》な話だった。

「冗談だと？　私は冗談を言いに隣国へ赴《おもむ》くほど暇ではないのだが。まさか、覚えていないのか？　私があなたに求婚して、あなたはそれを承諾したではないか」

殿下が過去に私に求婚して、私がそれを了承した？

そんな馬鹿な話、あるはずがない。

私は彼と会った十三年前のことを思い出す。

殿下は私と別れるのが寂しいと泣き出して、それから手を握り——

『エレシア、僕はお前と離れたくない。僕と結婚しろ』

『……まぁ、殿下。勿体ないお言葉をありがとうございます』

『ならば、僕の妻になってくれるか？』

『そうですね。殿下が十八歳になって、まだ気持ちが変わらないでいてくれましたら、もう一度仰《おっしゃ》ってくださいませ。その時は喜んでお受けいたしますわ』

——あれ、回想の中の私は承知していたようだったけど。な、なんて恐ろしいことを言ってしまったのだろう。

どうやら十三歳の私は五歳の子供と、とんでもない約束を結んでしまったみたいだ。

いやいや、それでもだ。ちょっと待ってほしい。

まさかそんな子供のころの約束を十年以上も胸に秘めて、本当に求婚しにくる人がいるのだろうか。

しかしこの純粋なアイスブルーの瞳は、記憶の彼方《かなた》で見た彼のものとまったく同じだ。

彼はあのころのまま、私のことを想い続けてくれたのだ。

私は罪悪感で胸が締めつけられそうになる。

殿下は私がベルモンド公爵家に嫁いでいたことを、おそらくご存じない。

それを知ればきっと失望するに違いない。だって、想い続けた人がすでに既婚者になっていたのだから。

知らないうちに私は殿下の純粋な想いを踏みにじってしまったのだ。

しかし黙っておく訳にもいかないし、一国の王子が私なんかを妻に迎えるなど、間違っている。

「殿下、申し訳ありませんが、私はすでに一度――」

「婚姻していたのだろう、それがどうした？　すでに離縁したと聞いている」

これは驚いた。殿下は私の婚姻も離縁もご存じだったみたい。

てっきり、私が出戻りだということを知らずに求婚されているものだと思っていた。

それだとしたら、余計に分からない。

殿下は約束をずっと守っていたのに、私はそれを裏切ったのだ。

私にこだわる理由はないはず……だってそうでしょう？　誰だって約束を破って他の人と結婚していた女と、わざわざ結婚したいなんて思わないはずだ。

「たしかに離縁はしました。しかし私は殿下との幼い日の約束を忘れて一度婚姻しております。裏切られた、とは思われないのですか？」

紅茶を美味しそうに口にする殿下に、私は思っていることをそのまま伝える。

どうしても彼の考えが読めなくて、彼が何を思っているのか教えてほしかったから。

殿下はどこまで本気なのだろうか……

「エレシアよ、五歳の子供との約束だぞ？　常識的に考えて真剣に受け取るはずがなかろう」

……常識的に考えて、五歳の時の約束を果たすために、王子自ら隣国にいる八歳も年上の女に求婚するほうがあり得ないと思うけど。

あくまでも個人的な意見ではあるが、殿下の行動は常軌を逸《いっ》している。子供のころの約束を律儀に守って、離縁したての私の前に現れるなんて……

「私が一方的に押しつけた約束だ。あなたが心変わりしていようとも諦めればいいと思っていた」

「殿下、それでも私は――」

「しかしだな、私が十八歳になり成人になった時、あなたはちょうど独身に戻られた。これを運命と言わずに何と言う？」

殿下は再び立ち上がり、私の近くまで来て跪《ひざまず》く。

「もう一度、言おう。エレシアよ、私の妻になってくれ」

そして、優しく私の手を握り、再びプロポーズの言葉を述べた。

ついさきほどまで、私はもう二度と結婚などしないと心に決めていた。結婚というものに絶望していたから。

それに、私をこんなに愛してくれる方など、もうこの世の中には存在しないと思っていた。

殿下の言葉はとても光栄だし、何よりとても嬉しい。彼が真剣そのものだということが分かって、私もそれを受けたいと願ってしまっている。

しかし、私は三年も夫婦生活をしていて、子供ができなかった身。

跡取り候補ができるかどうかは大きな問題なのだ。

あの時、両親や義両親に守ってもらえず、結局のところ妹に夫を盗《と》られてしまっている。私にも子供ができていれば、もしかしたら離縁していなかったかもしれない。

王家に嫁ぐとなると、この問題はきっと大きな壁になるに違いない。王家の存亡に関わることなのだから、当然問題になるだろう。

気持ちだけではどうにもならないことがある。殿下の純粋な気持ちに応えられないのは残念だけど。

私は気まずさを隠しつつ、ゆっくりとそれを殿下に伝えた。

「殿下、私は三年間の結婚生活で子供を宿すことができませんでした。ですから私はやはり殿下の妻となるには相応《ふさわ》しくない女です」

こんなこと自分の口から言いたくなかった。あのころのことを思い出して涙が出そうになる。

でも、言うしかないではないか。それが殿下のためなのだから。

「世継ぎの問題か。たしかに私がもっと上の王子なら問題になるかもしれないな。だが安心しろ。二人の兄たちのもとにはすでに男児が生まれているから、父上も私にはうるさく言うまい。それに子供を作るだけが夫婦になる理由ではないだろう。もしもエレシアが子を欲しいと言うならば養子をとるという手段もある」

ああ信じられない、なんでそんなことが言えるのだろうか……

たとえ子供ができない私であっても受け入れると、殿下は言った。

どうしましょう。彼の申し出を拒む理由がなくなってしまったではないか。

他の理由を考えないと。だって私なんかが彼の妻になれる訳——

「今度こそ、私の妻になってくれるな？　エレシア」

これでレオン殿下からの三度目の、いえ、十三年前を含めると四度目の申し出。

せめて彼がレナと同じくらいの年齢なら、私がベルモンド家に嫁ぐ前だったのなら、
私は迷わずに彼の言葉を受け入れたと思う。きっと笑って殿下の妻になると伝えたに違いない。

でも今の私に、こんなにもまっすぐに、そして情熱的に好意を向ける人はいなかった。

嬉しいに決まっている。彼は私にもまだ、そういった感情が残っていたと思い出させてくれた。

「こ、困りました」

「エレシア？　何か私があなたを困らせたのか？」

「……殿下の言葉は嬉しゅうございます。おそらく、今までの人生でかけられたどんな言葉よりも。しかしながら、私には自信がありません。殿下の寵愛《ちょうあい》にお応えできるような魅力など、今の私にはもう残っておりませんから」

困惑――そう、私は殿下の申し出に困惑していた。

何かの間違いでも、殿下に見初《みそ》められたことは光栄だし、それはとても名誉なことだと思っている。

でも、結婚というものは当人同士だけの問題ではない。それは常識だ。

若い殿下の妻が私のような者だと世間が知ってしまうと、どうなるか。

私はともかくとして、レオン殿下まで嘲笑《ちょうしょう》の的になりはしないかと心配でならない。

もっと自分が魅力に溢《あふ》れた人間ならいいんだけど……。もう、そんな自信は砕け散ってなくなってしまった。

「殿下には私などよりも、魅力的で素晴らしい女性がお似合いです。プロポーズしてくださって本当に嬉しいのですが。私は殿下には相応《ふさわ》しくありません」

残念ながら私は殿下の再三の申し出を断った。

殿下が私と結婚して得るものなど何もないのだから、これは仕方ない。

胸が張り裂けそうなくらい惜しいことをしていると実感しているけれど、私のことで殿下の一生を縛りたくはない。

「ふむ、私からすればエレシアは十分魅力的なのだが。あの日、憧れたあなたのままだ。何一つ変わっていない」

「か、からかわないでください。殿下が成長されたのと同じ年月が流れているのです。私が変わっていないなど――」

「真剣に申している。あなたは美しい。そして、その照れている表情が何よりも可愛らしい」

――こ、この方、本当は私のことをからかっているだけなのでは？

微笑みながら、恥ずかしげもなく「美しい」などというセリフを口にする殿下。

おそらく私は、誰にも見せてはならないような、はしたない表情をしているのだろう。

ああ、恥ずかしいわ。穴があるなら入りたい……！

「はっはっは。十三年前の仕返しだ。私はあなたの仕草一つ一つにドキッとし続けたのだから」

「そ、そんなことありません。きっと嘘の記憶です」

「今でも鮮明に覚えている。あなたが私の手を握った時の温かさ、柔らかさ……そして誰よりも気品に溢《あふ》れていたその横顔。忘れようにも忘れられないんだ。あなたと共に生きられるのなら、私は人生のすべてを差し出す。エレシア、あなたにはそのくらいの価値がある」

一体、殿下の目には私がどのように映っているのだろう。そこには私の知らない私が映っていそうだ。

殿下の人生と天秤《てんびん》にかけられるほどの人間ではない。でも、それでも、そこまで彼が私に好意を向けてくれるのならば、彼のその純粋な眼差しにできる限り応えなくてはならないのかもしれない。

それに、父にも母にも「出戻った娘が家にいて恥ずかしい」と言われて、私には居場所がない。

この家にいれば、じきに元夫であるファルマンと妹のレナが幸せそうな顔をして子供を見せに来ることは明白。

私を気遣うことなどしない。それは絶対だと言いきれる。

そんな光景を見て、果たして私は心を壊さずにいられるだろうか——いや、そんなの無理に決まっている。

逃げたい。そんな気持ちはたしかにある。

殿下の好意をそんな理由で利用していいものかとも思うけど、彼のプロポーズは、私が私の心を壊さずにいられる最後のチャンスかもしれない。

「本当に私のような者でよろしいのですか？　殿下が思っているほど、私は綺麗ではありません。それでも、私を受け入れてくださいますか？」

気づけば、私はレオン殿下の申し出を受け入れるようなセリフを口にしていた。

私は妹に夫を盗《と》られ、義両親からも実の両親にも敵視され、この国に居場所がなくなってしまっていると感じていた。

そんな私にとって、殿下のプロポーズは釣り合わない話である一方で、甘美で魅力的な話でもあった。

たとえ間違いであっても、殿下が思い出を美化しすぎていたとしても、心の弱い私は結局その話に縋《すが》ってしまったのである。

「二言はない。私と共にアーツブルグ王国に来い！　エレシア・エルクトン！」

「はい、ふつつか者ですがよろしくお願いします！」

殿下の力強い言葉に、つい私は頷《うなず》いてしまっていた。

私、エレシア・エルクトンはこの日——二度目の婚約をしたのである。

果たしてこの決断が正しかったのか今の私にはまだ分からないけど、後悔しないように強く生きていきたいと思う。

私と殿下はその足で両親に婚約した旨を話すことにした。

ああ、でも私ったら、なんて大胆なことをしてしまったんだろう。

今日は、今まで生きてきた中で、一番大きな決断を下した日に違いない。

◆

「……エレシアをレオン殿下の妻に？　はっはっはっ、殿下もお人が悪いですぞ！

アーツブルグ王国の第三王子ともあろう御方が、エレシアを自らの伴侶に選ぶなどあり得ますまい」

「侯爵、私は真剣に求婚したつもりだ。それを冗談と受け取られるとは少々不愉快なのだが」

「――っ⁉　これは失礼を。しかし、エレシアですか？　ほ、本当にエレシアを？」

思ったとおり、父は殿下の婚約の申し出を冗談と受け取った。

父がそう思ってしまうのも仕方ないと私は感じたのだが、彼は不快感をあらわにする。

父も空気を読むことには長《た》けている人なので、殿下の怒気に気づき焦ったような顔を浮かべた。

殿下が本気で私を妻にしようとしていることが伝わったみたいだ。

「私はエレシアを愛している。それも十三年もの間、ずっと心変わりせずに、だ。何としてでも婚約を許していただきたい。よろしいか？」

鋭い目つきに変化した彼は、少しだけ声のトーンを落として父に言葉を放つ。

おそらく殿下は、父が私のことをどのように扱っているのかを感じ取ったのだろう。

離縁して出戻った私を煙たがっていることを……

私は父の性格をよく知っている。

エルクトン家の家長として当たり前ではあるが、父は私よりも家のことを第一に考える。

私が出戻りレナが家を出た時に、従兄弟《いとこ》のマルスが養子に入ってエルクトン家を継ぐことが決まったので、私が家を出てしまうことに問題はない。だが慎重な父は、私と殿下の婚約を快く思わないだろう。

たしかに、隣国とはいえ王族と婚姻関係を結ぶことができれば、家の繁栄には繋がる。

私が初婚なら父は喜んで殿下に差し出したはずだ。

しかし、今回のケースは違う。

私は一度、結婚生活に失敗した出戻りの娘。その上、殿下よりも八歳も年上だ。

父はきっと、隣国の王族と娘の結婚が上手くいかなかったらどうなるかを考える。下手すれば国際問題に発展しないかと、彼は瞬時にそのリスクを見抜いたに違いない。

運が悪ければ家を潰しかねないこの縁談。しかも私は一度失敗している実績がある。

そんなギャンブルにも似た婚姻を、父が文句一つ言わずに許すはずがなかったのだ。

「あなた、結構なお話ではないですか。あのエレシアがアーツブルグ王家の方と婚約だなんて」

「お前は黙っていなさい！」

母はそんな計算などせず、単純に出来の悪い娘が王室と懇意になることを良い話だと受け止めているみたいだが、父は呑気《のんき》な母を一喝した。

その様子を見て殿下は眉をピクリと動かす。その動作には見覚えがあった。

彼がまだ小さいころ、私と離れたくないと駄々をこねていた時に、護衛に引き剥がされそうになった瞬間に見せた表情と一緒だったのだ。

「エルクトン侯爵、まさかこの縁談に反対されるおつもりか？」

明らかに不機嫌さを増した殿下に、場の空気は凍りついた。

決して離さないと主張するように私の右手を握りしめて、父が私と殿下の婚約に賛成なのかそうではないのかを、ゆっくりとした口調で尋ねる。

「いやはや、殿下。そのような怖い顔をされないでください。殿下もご存じでしょう、この国とアーツブルグ王国が二十五年前にようやく平和条約を結び、長い戦争を終えて友好国となったことを。国と国が絡むこの縁談……両国の友好関係の継続を願う者として、すぐに歓迎はできません」

国の友好関係よりも、自分の家に飛び火しないかどうかを心配するような人だが、父はいかにもというような言い回しを口にした。

殿下にとっても父の一言は意外だったらしく、少しだけ考えこむような仕草をする。

「もちろん、両国の平和的な関係の継続を願うことは結構だ。しかしだな、侯爵。あなたは自分の娘のことを一切信じていないのか？　私にはあなたが、エレシアが婚姻に失敗することを前提に話しているように思えてならない」

殿下は落ち着いた口調で父に質問した。

「エレシアは一度、失敗しておりますから。二度目がないとは言いきれません」

「その失敗は彼女の元夫と彼女の妹のせいだろう？　エレシアに一切の非はないではないか」

「な、なぜそれをご存じなのです？」

驚いた。殿下は私とファルマンが離縁した理由をすでにご存じのようだ。

私も父と同時に「なぜそれを？」と言ってしまいそうになった。

「好きな女性のことは調べるに決まっているだろう！　彼女の身辺は密偵を使ってすべて洗いざらい調査済みだ！」

――殿下……誇った顔で仰《おっしゃ》らないでいただきたい。

というより少し怖い。何を調べたのか、すごく気になる。

私のことを全部だなんて……知られてダメなことは特にないが、密かに調べられていたことは知りたくなかった。

「ふぅ、分かりました。殿下がそこまで仰《おっしゃ》るのなら娘は連れていってください。……しかし、婚姻すれば彼女はエルクトン家の者ではなくなる。何が起きても我が家と関係がないものとして扱うと、契約してはもらえませぬか？」

父は事実上、絶縁を宣言した。

アーツブルグ王家に入った私を、エルクトン侯爵家とは無関係の者として扱うことで、家の安全が侵されるリスクを回避しようとしたのだ。

殿下の目つきがより一層鋭くなるのを私は見逃さなかった。

どうするんだろう。怒り出したらどうしよう。

「いいだろう。エレシアと婚姻したあとは、アーツブルグ王家が一生彼女の面倒を見ると約束しよう。そちらには何も頼らせはしない。その代わり、今後いかなることがあってもエレシアを頼ることは許さん。侯爵が望んでいるのはそういうことなのだからな？」

低く威圧的な声色で殿下は父の出した条件を呑んだ。

殿下から感じるのは明らかな侮蔑《ぶべつ》。

父が娘よりも自らの保身に走ったことに対して、彼は快く思わなかったのだろう。

でも、良かった。レオン殿下が怒り出すかと思ったから。いえ、正確に言えば少しだけ怒っているのだが。

「ちょっと、あなた。大丈夫なのですか？　殿下がお怒りのようですけど」

「いいから、黙りなさい。無礼なことを申し上げたと思っておりますが、私はこのクルトナ王国に忠誠を誓った身であります。時には親という立場よりも優先せねばならぬこともございますゆえ」

父の言い分も分かる。

私がアーツブルグ王室の不興を買い、それをエルクトン家の責任だと追及されれば、下手すれば爵位の剥奪もあり得るのだ。

まさに石橋を叩いて渡るほど用心深い父のことだ、そう考えているのだろう。

「承知した、一筆入れよう。侯爵もそこまで申すのならば、二言はないとしてくれ。それこそ家名に誓って契約を交わしてもらう」

「かしこまりました」

殿下は護衛の兵士にアーツブルグ王家の紋章が入った紙を持ってこさせて、正式な契約を結ぶ手続きをした。

父はアーツブルグ王国とクルトナ王国の戦争を知っているからこそ、今は友好国であったとしても隣国に対して恐れの感情があるのかもしれない。

こうして、私はエルクトン家との縁が切れてしまった。正確には契約が効力を持つのは殿下との〝婚姻後〟なので、〝婚約中〟に破談すれば意味がなくなるのだが。

父と殿下が契約を終えると、私はアーツブルグ王国への旅支度を始めた。

とはいえ、持っていくものなど旅行鞄一つに収まってしまったけど。

「殿下、お待たせしました」

「荷物はそれだけなのか？」

「はい。お恥ずかしながら家に戻って日が浅いので、自分のものをそれほど持ち合わせていなかったのです。みすぼらしくて申し訳ありません」

元夫の屋敷に私物が残っていたりするのだが、それを持ち帰るほどの元気はない。だからといって新しいものを買う気分でもなかったので、自分の持ち物が極端に少なくなってしまったのだ。

殿下がわざわざ迎えに来てくださったにもかかわらず、こちらがあまりにも軽装だと、彼に恥をかかせてしまうことにならないかと、今さらながら私は心配になってきた。

しかし、彼は私の鞄を見ると機嫌が良さそうに笑って、護衛の兵士に手渡し馬車へ運ばせる。

「……恥ずかしいことなどない。ならば、私と新しいものを選ぶ楽しみが増えたな。結構なことじゃないか」

殿下との新しい生活……これがどうなるのか、私には想像がつかない。

この先、予想もつかない苦難があるかもしれないけど、乗り越えていけるように私も強くならねばならない。

そう意志を固めて、殿下にエスコートされながら馬車に向かったのだが、そんな時、タイミング悪く彼女が現れた……

「お、お姉様？　そちらの殿方はどちら様でしょうか？」

従者を引き連れて屋敷の玄関に向かってくるレナだ。

まさか彼女がこのタイミングでエルクトン邸に帰ってくるとは。嫌な時に遭遇したものだと思う。この子にどうやって今の状況を説明しようか。

「アーツブルグ王国のレオン王子です。レナ、挨拶をなさい」

正直なところ、これ見よがしに誇らしげにお腹をさするレナを見たくなかった。

でも、殿下の見ている前だ。彼女に挨拶をするように促す他ない。

彼女もレオン王子の名前を聞いて、ハッとした表情になった。

「……れ、レオン王子ですって⁉　これは失礼をしましたぁ。わたくし、レナ・ベルモンドと申します。エルクトン侯爵の次女でしてぇ」

「姉の元夫を掠《かす》め盗《と》った女なのだろう。よく知っているぞ」

軽蔑《けいべつ》したような眼差しを送りながら、殿下はそんな言葉をかけた。

初対面で突然そんなことを言われたレナは、顔を真っ赤にしてプルプルと震える。

「お姉様っ！　殿下に何か誤解を招くようなことを仰《おっしゃ》ったのですか？　酷いですぅ。いつもお姉様はわたくしに意地悪ばかり」

「エレシアは何も言っていないし、私は事実を言ったまでだ。あなたの厚顔無恥《こうがんむち》な行動のおかげで彼女を手に入れられた。エレシアには悪いが、半分くらいはあなたの行動に感謝している」

得意の涙目で、私が殿下に妹の悪口を吹きこんだことにしようとしたレナだったが、それが通じないことが分かると、彼女はキッと私を睨《にら》んだ。

「殿下がお姉様を手に入れたとはどういうことですの？　まるで殿下とお姉様が結婚するように聞こえましたが」

「ええ、私はレオン殿下と婚約しました。今からアーツブルグへと向かうところです」

「はぁ？　何の冗談ですか？」

レナは素《す》っ頓狂《とんきょう》な声を上げたかと思うと、もっと険しい表情になって視線をこちらに向ける。

驚くのも無理はない。私だってまだ驚いているし、状況を全部把握しきれてないのだから。

「その言葉のままだ。悪いがこれから少々長旅となる。ゆっくりと別れの言葉を交わさせてやれず申し訳ない」

殿下はレナにそう一言伝えると、私をひょいと抱き上げてそのまま馬車へ向かった。

えっ？　わ、私、殿下に抱きかかえられている？

抱き上げる意味が分からないのだけれど……まさかレナに私との関係をアピールするため？　それにしても、大胆すぎる気がする。

とても恥ずかしくて、顔が熱くなってきた。

恥ずかしさで頭が真っ白になりながら、私は殿下手ずから馬車に乗せられる。

その時、遠くからレナの叫びが耳に届いた。

「何よ！　お姉様ばかり！」

まるで被害者の恨み節にも取れるこのセリフ。

私には妹が何を考えているのかまったく理解できなかった。

◆

「殿下、あのようなことはなるべく控えていただけるとありがたいのですが……」

馬車に揺られて数分後のこと。まだ少し顔が熱い。

妹の見ている前で殿下が行きすぎたエスコートをするのだから、恥ずかしさでいっぱいだった。

でも、あんなに軽々と私を抱きかかえられるようになるとは、あのころの私は想像もできなかっただろう。

殿下は逞《たくま》しくなられた。以前は私が彼を抱えていたというのに。

昔の記憶に思いを馳《は》せた私は、私を抱き上げた殿下の腕の温もりを思い出す。まさか、あのころと立場が逆転するなんて思ってもみなかった。

「はっはっは、あのころの意趣返《いしゅがえ》しをさせてもらったぞ。私もあなたにドキリとさせられたからな。一度、やってみようと思っていた」

「……そのような仕返しを考えておられたのですか？　殿下が私よりも大きくなられたから」

十三年前、どうしても私のもとから離れようとしない殿下を、抱きかかえて馬車までお連れしたことがある。

彼の護衛から何回もお礼を言われたような記憶があるから、周りもほとほと困っていたのだろう。

しかし、だからといって同じことをしなくてもいいではないか。

「それに、エレシアは随分と抱えやすそうに見えたんだ。あなたは私が大きくなったと言うが、そちらはあまり変わっていないな」

「し、身長のことは仰《おっしゃ》らないでください」

そう、私は身長が低い。

たしかに以前、殿下とお会いしたころと比べて、背丈はほとんど変わっていない。妹にもすぐに追い抜かれ、久しぶりに会う親戚がレナと私を間違えるということが何度もあった。

——背が高いから年齢も上だと判断するのは安直ではないかしら？　たとえ背が小さくとも、私は立派な大人なのに……

やはり成長期は私のもとには来てくれなかったのだ。昔はたくさんミルクを飲んでみたり、高い木にぶら下がったり、努力したのだけれど。

「あなたは年齢の差を気にしているが、おそらく見た目では誰も違和感を覚えないと思うぞ。さきほど私が驚いたのは、かの日のあなたと今のあなたがあまりにも変わっていなかったからだ」

「か、変わっております。ただ身長が伸びなかっただけで、皺《しわ》もありますし、ほうれい線もほら、ここに！」

「ん〜〜？　よく分からん」

十三年前と変わっていないはずがない。

やはり殿下は思い出を美化しすぎて、今の私をも美化しているに違いない。

というか真剣な顔をして、私の顔の皺《しわ》を見つけようとしないでほしい。あまり顔を近づけて見られると恥ずかしいではないか。

「しかし、あなたの妹君のことだが。気になるな」

私が身長のことで頭を悩ませていると、レオン殿下は思い出したかのように呟く。

あの子は美人だから、殿下が目を惹《ひ》かれるのは無理もない。ファルマンも彼女の美貌《びぼう》のせいで簡単に私を裏切ったのだ。

「そのような目をするな。私があなた以外の者に心変わりするはずがない」

「顔に出ていましたか？」

「表情豊かなのは結構だが、ポーカーフェイスも覚えたほうがいいかもしれんな」

傷心して何もかもつまらないと感情を失っていたと思っていたけれど、殿下と再会してから私の心の中は大きく変わっているみたいだ。

だけど、あまり感情を表に出さないタイプだと自分では思っていたし、周りからもよくそう言われていた。もしかして彼の感性が人一倍鋭いのだろうか。

「それではレナのことが気になるという言葉には、どのような意図《いと》がおありなのでしょう？」

「いや、なに。あなたのことを調べた時に、ついでに妹君のことも少々調べさせてもらった。そしてさきほどのあなたへの態度を見て確信した。あの女には何か後ろ暗いことがある」

後ろ暗いこと？　それってどういう意味だろうか。

姉の夫と不倫する以上に後ろ暗いことなんて、想像もできない。

殿下が私の身辺を調べてどんなことを知ったのか、気になる。

「あの……殿下はレナの何を知って――」

「すまない。あなたにはもう関係のないことだったな。裏切り者たちがどうなろうと知ったことではないのだから」

殿下は私の言葉を途中で遮り、もはやファルマンもレナも私には関係ない人間だと断じた。

たしかに父と交わした契約上はそうなのかもしれないが、ここで話を切られると気になってしまう。

やっぱりもう一度、聞いてみたほうがいいような気がするのだけれど……

「それより、エレシア。大事な話がある」

「は、はい。どのようなお話でしょうか？」

妹の話はもうこれで終わりだと言わんばかりに殿下は話題を変えると、私に大事な話があると口にした。

これはレナの話を聞き出すのは無理そうだ。……それより大事なことってなんだろうか。

彼の青い瞳には力がこもっており、深呼吸をした彼は決意を固めているようにも見えた。

「……殿下と呼ぶのは、よそよそしくないか？」

「………………え？」

「レオンと呼んでくれ。殿下はつけなくていい、私たちは夫婦になるのだから」

何を言われるのかと思えば、彼の呼び方の話だった。

そんな気軽に殿下を名前だけで呼ぶなんて、できるはずがない。でも殿下は真剣な眼差しで私のことを見つめている。

どうしたらいいのか、分からない。レオンと呼び捨てにすることだけは絶対にダメということは分かる。

「そ、それではせめて、レオン様、と呼ばせてください」

「……ふむ。エレシアがそうしたいのなら、それで我慢しよう。仕方ない」

ほんの少しだけ殿下――レオン様は不満を顔に浮かべる。

それはあの日、私が「十八歳になった時にもう一度プロポーズしてほしい」と告げた時に見せた表情《かお》とそっくりで、無礼とは思いつつも、可愛らしい、と思ってしまった。

その後も、他愛のない会話をし続ける私たちを乗せて、馬車は国境を目指して走り続けていた。

クルトナ王国を出ることになるなんて、つい数刻前までは思いもよらなかったのに、人生は分からないものだと、揺れる車内で私はそう実感していた。

◆

クルトナ王国から馬車で西へ西へと移動して峠を越えると、そこはすでにアーツブルグ王国の領土だった。

領内に入り、北西に進むことさらに数時間。ようやくアーツブルグ宮殿の見える王都へと辿り着く。

こちらの国、というより国外に出ることが初めての私は、周りの見知らぬ風景に少なからず興奮を覚えた。

「長旅ご苦労。馬車の中というのはやはり窮屈《きゅうくつ》だ。こうして外に出て背を伸ばすと、地面と空のありがたさを実感するな」

「ここがアーツブルグ王国の王都……美しいですね」

故郷《ふるさと》とはまた異なった建築様式の建物。街路樹は綺麗に手入れされており、王都はそれ自体が一つの芸術作品のように見えた。

隣国の王都がこんなに素敵だったなんて。噂では聞いていたけど、聞くのと実際に見るのとでは全然印象が違う。

これからの人生をずっとここで過ごす……私にはまだその実感がない。来たばかりなのだから当たり前だけど。

しかし、実家やファルマン、レナと距離を置けたという実感がこの景色を目にした瞬間に急激に湧いてきて、胸の奥が軽くなったようにも思えた。

――私はずっと逃げたかったのかもしれない。

これだけ心が軽くなったのだから、それは疑いようのない事実なのだろう。

私は綺麗に植えられた街路樹に視線を向けた。等間隔に植えられたそれらは、丁寧に手入れされているのか、青々とした葉っぱを風になびかせている。

「先代の国王——つまり私の祖父が、クルトナ王国との戦争が終わった日にあの街路樹を植えた。悠久の平和の象徴としてな。今ではすべての国民から愛されている樹だ」

平和の象徴か。レオン様はもちろん、私も両国が争っていた時代を知らない。

かなり大きな戦が何年も続いていたという歴史は知っているし、双方の国にたくさんの死者が出たことも学んだ。

父はその歴史を目の当たりにしたはずだから、もしかしたらレオン様というよりも、アーツブルグ王国を恐れているのかもしれない。

アーツブルグ王国と再び戦争になることを何よりも怖がっているのだ。さらに言うなら、自分の家がその発端《ほったん》になることだけは絶対に避けたいのだろう。

それでも、普通なら王族との婚姻は歓迎されるべきだろう。反対されたのは、私が結婚に失敗したというよりも、子を生すことができなかったことが大きいのだと思っている。

レオン様はそれでもいいと受け入れてくれたけど、それでも私は少しだけ不安だった。

彼が良くても、彼の周りは良しとしないかもしれないし、父もそれがトラブルの原因となることを懸念したのだと思う。

「エレシア、面倒だと思うが休むのは少しだけ待ってもらえるか？　国外から帰ってきた者は皆、健康診断を受けることになっている。特に王族は念入りにチェックされる決まりだ」

「健康診断、ですか？」

「案ずるな。エレシアも王族と同じようにこの国で一番……いや、世界で最も有能な宮廷鑑定士がチェックすることになっている」

鑑定士とは目に宿る特殊な力で、人や物の状態を見極める方々。

クルトナ王国では医療の現場にはおらず、もっぱら特殊な技能を持った人材を集める王立ギルドにいるのだけど、少なくともこういうところで健康診断をすることはない。

宮廷鑑定士とはどんな人なのだろうか。

「健康面で何か問題があればすぐに分かる。アーツブルグの宮廷鑑定士はそれだけ優秀でな。文字どおり、その者のすべてを知ることができるのだ」

——それはそれで、かなり怖い話のような気がする。

ともすると、私が子供を生し難い体だということもすぐにバレてしまうのか。

隠すつもりはないけど、事実を突きつけられると私はショックを受けると思う。

本当は子供が欲しかった。小さなころから可愛い子供に囲まれている幸せな結婚生活に憧れていたから。

でも、私はこれからアーツブルグの人間になるのだから、ルールには従わなくてはならない。

私は小さな勇気を胸に秘めて、一歩を踏み出した。

◆

「殿下、おかえりなさぁい。あらぁ、そちらが殿下が十三年も片思いしていたお相手ですか～？」

先に向かったレオン様を追いかけるように健康診断を行《おこな》う診療室に向かうと、白衣を身に纏《まと》ったウェーブがかった茶髪の女性が、独特のトーンで彼に話しかけていた。

彼女が宮廷鑑定士なのだろうか？　想像していた方と全然違う……

なんだか、とっても妖艶な感じがする。そして大きな魔力を感じる。

私も魔術師の端くれだから、それくらいは分かる。

この女性が宮廷鑑定士らしいけれど、とんでもない魔術師に違いない。

「エレシア、紹介しよう。彼女は宮廷鑑定士のイリーナだ」

「初めまして、エレシア・エルクトンです。よろしくお願いします」

レオン様が私をイリーナさんに紹介したので、私も彼女に挨拶した。

彼女の見た目から察するに私よりもかなり若く見える。レオン様と同じくらいだろうか。

でも、そんな見た目とは裏腹に……威圧感というか、得体のしれない感じがする。魔力が大きいだけじゃなくて、上手く言えないけれど……ミステリアスな感じ。

「イリーナですわぁ。エレシア様、不安がらなくても大丈夫です〜。レオン様ととてもお似合いですよ〜。年齢の差なんて気になさらないでくださいな〜」

「不安そうに見えますか？」

「宮廷鑑定士こと私クラスになるとなんでも分かるのですよぉ。感情の揺らぎから、健康状態、本人の資質までも、何もかもすべて」

気づくと、イリーナさんの目には青い炎のようなものが宿っていた。

これは見られているのではなく、診《み》られているということだろうか。

この青い炎の目は鑑定眼と言い、目に魔力を集中させて見えざるものを見て、物の本質を見抜く力なのだ。

十秒ほどすると、彼女の目に映っていた炎が消えた。これは鑑定が終わったということだろうか。そんなイリーナさんはどうやら息切れしているようだった。

「はぁ、はぁ……年々これを使うのが辛くなってきてましてねぇ。私もそろそろ引退すべきでしょうかぁ？」

「祖父の代から鑑定士をしているからな、無理もないだろう。その若い見た目を保つ魔法を使い続けるのをやめれば、そんなに力を消耗せずにいられるんじゃないか？」

「まぁ、殿下ったら。若く見えるだなんてお上手ですわ。私は特別なことなど何もしておりませんよぉ。野暮《やぼ》なことは言わないでくださいな」

あれ？　レオン様は祖父の代と言っていたが、どういうことだろうか。

イリーナさんの年齢の割に見た目が若いとか、そんな次元ではないような気がする。だってどう見ても十八歳以下にしか見えない。でも、レオン様の口ぶりだと五十歳以上だと言っているように聞こえる。

「エレシア様の診断結果は――おめでとうございます！　びっくりするくらい健康ですよ～。引退とか言いましたけど～、殿下のお子様の代まで頑張るつもりですからぁ。期待して待ってますね」

――宮廷鑑定士のイリーナさんは健康体だと告げた。

レオン様の子供の代まで、ということは、私は子を生すにあたって身体的に問題がないということだろうか。

となると、ファルマンとの結婚生活で私が子供を生し得なかったのは、単なる不運によるものということだ。

だって、彼はレナを妊娠させたのだから。

鑑定士《イリーナさん》の言うことがどれほど信頼できるのか分からないけど、王国随一のお墨付きをもらい、私は無事に健康診断を終えたのだった。

そして、私はレオン様と一緒に診療室を出た。


「その、イリーナがすまなかったな」

健康診断が終わり王宮へと向かう道中で、レオン様は気まずそうな顔をしてイリーナさんのことを謝罪した。

彼女が何か私に悪いことをしたのか、まったく身に覚えがない。

息を切らせるくらい頑張って鑑定してくれたし、楽しそうにお話ししてくれたし。悪い印象はまるでなかったはずなのだが。

「イリーナさんが何かされましたか？　特に気になるようなことは仰《おっしゃ》ってなかったと思うのですが」

「いや、子供をどうとか、言っていただろう？　私はエレシアさえ側に入ればいい。あなたに余計なプレッシャーをかけてしまったのではないかと思ったのだが」

たしかに、私とレオン様の子供の代までとか何とか、言ってましたね。でもそんなことまったく気にしていなかったから、一瞬だけ返答に困った。

宮廷鑑定士の方から健康体だとお墨付きを頂けたし、ただそれが嬉しいだけだったのだけど。

「レオン様が気になさらずとも、周りの方々は気にされるかもしれません。でもイリーナさんからお墨付きを頂けたことは幸運です」

ただでさえレオン様よりも八歳も年齢が上であり、それに加えて一度別の男性と離縁しているのだ。さらに子供も生せないとなると、やはり快く思わない方がいるのも致し方ないと思う。

レオン様はこの国の第三王子なのだから、それを避けられないのは薄々勘づいていた。

だから、さきほどの健康診断の結果は私の気分をかなり楽にした。

「それならいいが。しかし、決心してはくれたが、やはり私との結婚や自分の体のことなどいろいろと気にしているみたいだな」

「当然です。レオン様のような方はきっと多くのお嬢様方との縁談がありましたでしょうし、その中には私などよりも魅力的な方がいらっしゃったはずですから」

彼はとても魅力的な人だ。

その容姿から身のこなし、立ちふるまい、さらにはアーツブルグ王族という身分まで。わざわざ隣国に来なくとも引く手あまたのはずなのだ。

私を選んでいただいたことは光栄だが、これからの生活を考えるとプレッシャーを感じざるを得ない。

「何年か前まではその手の縁談がたしかにあったのだ。だが、すべて拒否した。エレシア以外と結婚するなど考えられなかったから」

「でも、私には全然特筆すべき長所がありませんし」

「そんなことはない。学業は優秀、あらゆる教養を身につけ、それに魔法も高い実力を示していたと聞いている。あなたは自分が思っているよりも魅力的だ」

そう言って、レオン様は私のことを褒めてくれた。

どれもこれも良家と結婚するために努力したことだけど、こうして面と向かって言われると照れてしまう。

「魔法は特に頑張りましたけど、イリーナさんを見て自信をなくしました。あんなに大きな魔力を持ち合わせてはいません」

「はは、イリーナは何十年も修行して、あそこまでの実力を身につけたのだ。張り合う必要はない。ほら、あなただって前に風を起こす魔法を見せてくれただろう？　あれは私を誘拐しようとした賊を吹き飛ばすくらいの威力だった。十分すごいよ」

そういえば、私が行方不明になっていた彼を見つけた時、そんな出来事があった気がする。

ああ、思い出した……不審者が幼いレオン様を攫《さら》おうとしたので、私ったらその人を覚えたての魔法で壁まで吹き飛ばしたんだった。

なんか、そのあとのほうが衝撃的すぎて忘れてしまっていた。

「だから安心しろ。あなたはあなた自身が思ってるよりも、ずっと魅力的な人間だ」

「レオン様……」

「あら、レオン兄様ではありませんか。お帰りになられましたのですね」

そんな話をしていると、女の私でも思わず息を呑んでしまうほど美しい女性が、レオン様に手を振りながらこちらに近づいてきた。

肌は雪のように白く、美しい黒髪は腰まで伸びており、ルビーのように輝く赤い瞳には人を惹《ひ》きつける力がある。そして何より、私はもちろん、さきほどのイリーナさんですら遠く及ばないほどの膨大な魔力を、彼女から感じた。

まるで後光が差しているように神々《こうごう》しい……いえ、実際に光っている⁉

こ、これは明らかに魔力の光。その女性は淡い銀色の光のベールに覆われているかのごとく輝いていて、只者ではないオーラを醸し出している。

レオン様のことを「レオン兄様」と親しそうに呼んでいたけれど、たしか彼の兄弟は全員男性で、妹はいなかったはず。この方は何者なんだろうか。

「なんだ、アンネリーゼじゃないか。王宮に来ていたのか？」

「ええ、陛下から頼まれてお祈りをしておりました。そうしましたら、レオン兄様のお顔が見えましたので」

「なるほど。そうか、それはわざわざすまない」

やはりこの女性――アンネリーゼさんは、レオン様とかなり親しそうなご様子。

さきほど彼は浮いた話などないと言っていたのに、これはどういうことだろう。

身なりからしても、良家のご令嬢という感じだし、それにとんでもない魔力を身に纏《まと》っている。この方との縁談の話はなかったのだろうか。

「……アンネリーゼ、紹介しよう。私の婚約者のエレシアだ」

「エレシア・エルクトンです。よ、よろしくお願いします」

レオン様はいきなり私の肩を抱いてアンネリーゼさんに紹介する。

神々《こうごう》しい見た目の彼女に私は萎縮してしまい、緊張しながら絞り出すように自分の名前を口にした。

「そうですか。あなたがエレシア様でしたか。お会いしたいと思っておりました。わたくし、アンネリーゼ・オルゲニアと申しますわ。レオン兄様とは幼馴染《おさななじみ》ですの」

アンネリーゼさんは満面の笑みで私の両手を握りながら挨拶を返す。

なんて美しい方なのだろう。こんなに綺麗な女性は今までに見たことがない。

天使かと見紛うほど可憐な彼女に私は思わず見惚れてしまった。

「可愛らしい方……」

「えっ？」

「エレシア様～！　なんて可愛らしいのでしょう！　レオン兄様から憧れの方だとお話は聞いていましたが、こんなに可愛らしい方だとは思いませんでしたわ～！」

突然アンネリーゼさんに力強く抱きしめられて、私は呆気《あっけ》にとられてしまった。

あの、これってどんな状況？

レオン様の幼馴染《おさななじみ》ということは分かっていたけど、なんで私は抱きしめられているのだろう。

「おいおい、エレシアが困っているだろう？　離しなさい」

「これは失礼いたしました。わたくしったら、エレシア様のような可愛い方を見るとつい舞い上がってしまいますの」

私が可愛いから抱きしめた、とアンネリーゼさんは答える。

たぶん私のほうが、だいぶ年上なんだけど。

いきなりギュッとしてくるから、かなりびっくりした。

「すまないな。悪いやつではないのだ。昔からこういう変なところがあってな。これでも、この国の聖女なんだが」

「アンネリーゼさんは聖女なんですか？」

「彼女はオルゲニア公爵の一人娘なのだが、生まれながらにして、大きな魔力を持っていてな。その影響でこのように光り輝いている」

アーツブルグの聖女と呼ばれる方がいる、というのは聞いたことがある。たしか、この国では神様のように崇《あが》められている人物だったはず。

こんなにすごい魔力量を持っているのだから、それも当然だ。

彼女が王宮にいたのは、陛下からの指示で聖女として祈りを捧げていたからか。

「昔からレオン兄様のことは実の兄だと思ってお慕いしておりましたの。エレシア様とも仲良くさせていただきたいと思っておりますわ」

「あの、アンネリーゼさんはレオン様と――」

随分とレオン様と仲が良さそうなものだから、私はついアンネリーゼさんがレオン様のことを好いているのではないかと、質問しかけてしまった。

そんなことを聞くのは野暮《やぼ》なことだからと、途中で口を閉じたけど。

「ああ、レオン兄様とわたくしの関係を疑っていますのね。いじらしくて、本当に可愛らしい方ですわ～」

「あ、アンネリーゼさん。ええーっと、決して私はその……」

ニコリと笑みを浮かべて、アンネリーゼさんは私が内心で考えていたことを口にする。

仕方ないと思ってほしい。こんなに美人の幼馴染《おさななじみ》がいたら普通は疑う。それにレオン様にその気がなくても、アンネリーゼさんは違うかもしれないし。

「少なくとも幼い時からずっと、レオン兄様はエレシア様しか見ておりませんでしたわ」

「は、はぁ……」

アンネリーゼさんは、レオン様がずっと私のことを想い続けていたと告げる。

彼もそう言ってくれていたし、それは私も疑っていないんだけど。

「それにわたくしは、エレシア様のような可愛らしい女性しか目に入りませんの。正直に申しまして、一目惚れしてしまいました」

「へっ？」

「ふふ、冗談ですわ。ああ、なんて可愛らしい方なんでしょう……」

耳元で妖《あや》しく聞き捨てならないことを囁《ささや》く、アンネリーゼさん。彼女も冗談と言っていたし、そう受け取って大丈夫なのかな。

「それでは、お二人ともまた、ごきげんよう」

いたずらっぽい笑みを見せた彼女はペコリとお辞儀をすると、私たちのもとから去っていった。

銀色のベールに包まれる彼女は、やはり聖女と呼ぶに相応《ふさわ》しく見えた。

「アンネリーゼと私のことを疑ったのか？」

「いいえ、レオン様のことは疑っていなかったのですが」

「ふむ。彼女が私に気があると疑ったということか。アンネリーゼは結婚に前向きではなくてな。縁談話は全部断っているほどだ。男に興味がないのかと疑うほど、彼女には浮いた話がない」

それだとさっきの冗談が冗談ではなくなりそうで、私は嫌な汗をかいてしまった。

でも、公爵家のご令嬢ということだし、結婚しないのは許されないだろうけど。聖女だという彼女はどんな人生を歩もうとしているのだろうか……

◆

「さて、今日のところは疲れただろう。あなたのために部屋を用意している。ゆっくりと休むといい」

「は、はい。ありがとうございます」

「ここがエレシアの部屋だ。あと、護衛も兼ねた使用人を二人つける。二人とも私が最も信頼している者たちだ。安心してくれ」

軽く夕食を食べたあと、レオン様は私を部屋に案内して、使用人をつけると言った。護衛だなんて、少し大袈裟《おおげさ》だと思うけど……

でも、レオン様の心遣いが嬉しい。彼が信頼している人ならきっと私も信頼できるだろう。

「分かりました。レオン様、私のためにここまでしていただき、ありがとうございます」

「うむ、礼には及ばないさ。紹介しよう。リックとターニャだ」

私たちの後ろに控えていた方々の中から、体格の良い茶髪の男性と華奢《きゃしゃ》な黒髪の女性が私の前に近づいてきた。

身のこなしに隙がないように思える。さすがは王室の護衛、きっと頼りになる方々なんだろう。

「リックです。エレシア様、何かお困りの際は何なりとお申し出ください」

「ターニャだ……、ふわぁ。頑張って起きてるから、なんでも言ってほしい……」

「ターニャ！　貴様！　主君の前で、あくびをするとは何事だ！」

「……眠いものは仕方ない。ふわぁ」

「エレシア・エルクトンです。よろしくお願いします」

眠たげな表情をしているターニャさんにリックさんが怒鳴るが、彼女は目を擦《こす》りながらもう一度あくびをする。随分と個性的な人みたい……仲良くなれるだろうか。

「リックはもともとアーツブルグ騎士団の団長で腕っぷしの強さはこの国でも指折りだ。ターニャはイリーナの一番弟子で鑑定士としての能力を持っているから、危険をいち早く察知できるだろう」

「ささ、エレシア様。どうぞ、安心してお休みください」

「ふわふわのベッドで私も今すぐ眠りたい……」

「これはお前のベッドではない！　エレシア様のベッドだ！」

「では、今日は長旅の疲れを癒やしてくれ。明日、王都を案内しよう」

こうして、アーツブルグ王国での生活が始まった。

それにしても、こんなにも豪華な寝室を見たことがない。

家具はどれもこれもお洒落《しゃれ》で凝《こ》っていて、ベッドはとてもふわふわしていて寝心地が良さそう。明るい時間なら、窓越しに美しい中庭を一望できそうだ。

異国での生活に慣れるのは大変かもしれないけど、頑張らなくては。

そう意気込み、私はふわふわなベッドに横たわった。今日は長旅で疲れたせいか、よく眠れそうだ。

さきほど、明日は王都を見て回る、とレオン様が言っていた。私は明日の予定に胸を高鳴らせながら、目をそっと閉じた。

「昨日はよく眠れたか？　長旅であったたし、着いてからもいろいろあったからな。疲れは残っていないか？」

「いえ、大丈夫です。お気遣い感謝します」

アーツブルグ王国に来て二日目の朝。私はターニャさんに手伝ってもらいながら支度を済ませ、レオン様と朝食を頂いた。

食後の紅茶を一口飲むと、レオン様は私の体調を尋ねる。

新しい環境に慣れるのは簡単ではないから、彼は私のことを気遣ったのだろう。

しかし、意外なほどにこの環境に馴染《なじ》めそうな自分がいた。

どうやら、異国での慣れない生活によるストレスよりも、元夫や妹のいる国から離れられてホッとした気持ちのほうが、私にとっては大きかったみたいだ。

「そうか、エレシアはすごいな。異国での生活などストレスが溜まりそうなのに」

「大したことではありません。寝室の居心地が良いのです」

「うむ。気に入ってくれて良かった」

私も紅茶を口にする。アーツブルグ王国産の茶葉は良い香りがして、朝から爽やかな気持ちにさせてくれた。

今日はレオン様が王都を案内してくれるという。

「王都見物のついでに買い物もしよう。あなたの荷物は少なかったからな」

「そんな。申し訳ないです」

「遠慮するな。私が甲斐性なしだと思われるのは、あなたとて嫌だろう？」

レオン様は微笑みながら、私を買い物に連れていこうとしてくれる。私物はほとんど持ってこれなかったので、それは嬉しい提案だった。

つい遠慮してしまう私に彼は優しい言葉をかけてくれる。彼のその気遣いがとても嬉しかった。

◆

「どうだ、エレシア。ここがアーツブルグ王国で最大の商店街だ。世界中から品物を仕入れているから、どんなものでも揃っている」

「ああ、こんなにたくさんのお店が立ち並んでいるなんて、信じられません。あの大きな建物もお店なんですか？」

私たちは朝食を済ませると、王都で最も栄えているという城下町の商店街へ向かった。

目の前には多くの店が延々と軒《のき》を連ねており、圧倒されてしまう。そして、たくさんの人の数に感嘆の息が漏れた。

ここには国中の人間が集まっていると言われても納得してしまう。

それにしても、一際目立つあのお城のように大きな建物はなんだろう？　ここにはお店しかないと聞いていたが……

「ああ、あれは百貨店《デパート》というものだ。衣類に日用品に食料品。おまけに魔道具まであるぞ。海の向こうの大陸で勢力を伸ばしている大豪商アンドロフが、この国に多大な税金を納めて作らせたのだ」

「それはすごいですね。なんでも揃っているお店とはどんな感じか見てみたいです！」

信じられないけど、あの大きさで一つの店らしい。

大豪商アンドロフのことは知っている。伝説の商人と呼ばれている海の向こうの豪商だ。

なんでも貴族でありながら商売に手を出して、アーツブルグ王国の国家予算以上の富を築いたという世界一のお金持ちである。

「では、まずは百貨店に行こうか。ついておいで」

「すみません、我儘《わがまま》を言ってしまって……でも、嬉しいです」

ニッと白い歯を見せて、レオン様は私の手を取りエスコートしてくれる。

やはり彼のアイスブルーの瞳は美しい。もう何度も見たはずなのに、見つめられると今でも恥ずかしかった。

「さて、とりあえず衣料品から見るか？　気に入ったものを選ぶといい」

「久しぶりに自分で服を選びます。ターニャさん、手伝ってくれませんか？」

「ふわぁ……んっ？　任せておけ」

ベルモンドの屋敷にいた時は、元夫が使用人に選ばせて買った服しか着させてもらえなかったから、こうやって自ら買い物するのも久しぶりだ。

ターニャさんにお願いして、私はまず衣服を選ぶことにした。

とはいえ、目移りするくらいたくさんの種類の服が並んでいる。アーツブルグ王国での流行《はや》りは故郷《ふるさと》のクルトナ王国とは随分と違うみたいだ。

しばらくの間、私は時間が経つのも忘れて買い物を楽しんでいた。

買い物が一段落したところで一瞬離れていたレオン様と合流すると、彼は私に髪飾りを手渡してくれた。

「エレシア、これを」

「まぁ、なんて綺麗な髪飾りなんでしょう」

花をモチーフにした白い髪飾り。不思議な輝きをしていて、なんだか神秘的……

こんなに可愛らしいプレゼントは久しぶりだ。

「これは魔道具でもあってな。危険を避けられるように魔法がかけられているのだ」

「ありがとうございます。ずっと大事にしますね」

レオン様に髪飾りをつけてもらって、私はこれ以上ないくらい幸せを感じていた。

それからしばらく買い物をして、私たちはレオン様のいきつけだというレストランへ向かった。

「このレストランのシェフの腕は超一流でね。アーツブルグ料理の名店はたくさんあるが、その中でもこの店が私のいち押しだ」

中へ入ると、私たちは大きな丸いテーブルに案内される。メニューから白ワインを選び、私たちはアーツブルグ王国のコース料理に舌鼓を打った。

たしかに美味しい。故郷《ふるさと》にいたころ何度もアーツブルグ料理を食べたけれど、全然違う。

メインの肉料理はとんでもない柔らかさで、舌の上でトロンと溶けて、まるで飲み物だった。

「アーツブルグ料理では、肉は飲めるほど柔らかく煮るのが最高だといわれているんだ」

「それは存じていましたが、まさかこれほどとは。この白ワインとよく合いますね」

「その白ワイン、実は君と初めて出会った年……つまり十三年前に醸造されたものなんだ」

「まぁ、そうでしたか」

「君との出会いが自分にとって一番特別なものだったから、何か再会の記念になるものが欲しくてね。……お口に合ってくれて良かった」

少しだけ照れたような表情をしてワインに口をつけるレオン様。そんな彼のまっすぐな好意が素直に嬉しかった。

アーツブルグ王国での新生活は本当に楽しい。

長い間、義両親たちに気を遣い、最後には夫に浮気され別れることになってしまったが、そのストレスが洗い流されるようだ。

こんなにも豊かな気持ちになれるなんて、少し前まで思いもしなかった。

私を迎えに来てくれたレオン様は、紛れもなく私の救世主だ。

◆

「お父様！　今、出ていかれた方は本当にアーツブルグ王国のレオン殿下でしたの⁉」

「おお、レナか！　帰ってきたのだな。お腹も大きくなって……出歩いても大丈夫なのか？」

「そんなことはどうでもいいのです！　それより、さきほどの方はレオン殿下なのかと聞いているのです！」

まったく、お父様ったら呑気《のんき》そうな顔をして。

馬車にはたしかにアーツブルグ王国の紋章が刻まれていたし、あの真面目なことくらいしか取り柄のないエレシアお姉様が冗談を言うとも思えないから、十中八九、真実なのでしょう。

「そう、眉間に皺《しわ》を寄せるでない。客人はレオン殿下であったが、あれはもう我が家には関係のないことだ」

「やはり、そうでしたの！　関係ないということはないでしょう。お父様、酷いですわ！　レオン殿下と懇意にされておきながら、わたくしではなくお姉様と縁談を結ばせるなんて！　それも、わたくしが婚姻した途端にです。いつもいつも、お姉様ばかりに良いお話を――」

そう。お父様はいつもお姉様に甘いのです。

三年前にいつの間にか公爵家との縁談をまとめたかと思えば、今度はアーツブルグ王家だなんて。

そんなコネクションがあったのに、わたくしが結婚相手を探していた時には大したことがない男しか紹介してくれなかったのです。

アーツブルグ王家といえば、世界で最も裕福な上に格式も高いと、この国でも有名です。

そんな王家と懇《ねんご》ろな関係になりたいと、国内でも良家の令嬢たちが激しい争奪戦を繰り広げていたとか。

その中でもレオン殿下といえば、彼の幼馴染《おさななじみ》で聖女と崇《あが》められている公爵家の令嬢が幾度となくアタックしても、決していい返事をもらえなかったと聞いたことがあります。

家柄、教養、そして世界中の王族から求婚されるほどの絶世の美女と噂される容姿——すべてを併せ持っているような完璧な令嬢。そんな方でも攻略できなかった難攻不落の第三王子。

そのレオン殿下があの出戻りのエレシアお姉様と婚約？　あり得ないでしょう。

これにはお父様の力が働いているに決まっています。

しかし、お父様が隣国の王族と関わりがあったなんて、全然知りませんでした。

「レナよ。何を誤解しておるのか知らんが、私はなんもしとらんぞ。殿下が勝手に来られただけだ。エレシアを嫁に欲しいなどと酔狂なことを述べたんでな。くれてやるしかなかろう。隣国の王子の頼みを無下にはできん」

「はぁ？　そんな馬鹿な話を信じられますか。お姉様なんかにレオン殿下がいきなり声をかけるなんてこと」

お父様によれば、十数年前、五歳だった殿下が当時十三歳のお姉様に結婚を申しこんだのだそうです。

お姉様は十八歳まで待って気持ちが変わらなかったら迎えに来てほしい、などと言ったらしいけれど、彼は十八歳になった今、本当にお姉様を迎えに来たのだとか。

だからあの時、わたくしのおかげでエレシアお姉様を手に入れられた、などと殿下は仰《おっしゃ》ったのですね。

これではわたくしが、お姉様が王族に嫁ぐための絶妙なサポートをしたみたいではありませんか。

考えるだけでイライラしてきます。なぜ、わたくしではなくお姉様に。

わたくしだって、あの時一緒にあの場にいたはずですのに。

そうです。お姉様なんかに王族が見合うはずがありません。

わたくしのほうが見た目もいいですし何より若い。もちろんそれでもレオン殿下よりは年上ですが、お姉様の上位互換のわたくしに惚れないはずがありません……！

何としてでも、アーツブルグ王国に行きたいですね。どうにかしなくては……

「いずれにしろ、エレシアとは縁を切ったのだ。アーツブルグ王家とも関わらぬ契約も交わしたし、エルクトン家の安寧《あんねい》は守れた。レナは余計なことを気にせず――」

「はあァァァァァ⁉」

「――っ⁉　な、なんじゃ？　いきなり大声《おお》を上げて」

今、エレシアお姉様と縁を切ったと仰《おお》せになりまして⁉

エルクトン家の安寧《あんねい》とかは知りませんけど、王族との関係を切るとか、何様ですか？

うちのお父様は。

ということは、お姉様を伝手《つて》にアーツブルグ王家と関係を築いて、わたくしがその中に入るのは無理じゃないですか！

そんな契約は即刻無効にせねば。そう、無効ですわ。無効！

「お父様、今すぐにレオン殿下を追いかけて、契約をなかったことにしてくださいまし」

「そんなことできる訳なかろう。レナの頼みでもこればかりは無理だ。エレシアとはレオン殿下と〝婚姻後〟に他人になると決まっておる。お前はベルモンド家の大事な跡取りになるやもしれん子供を無事に出産することだけを考えておれ」

「別にこの子はファルマン様の――！」

お父様に契約を無効にするように頼みましたが、彼は一向に動こうとしません。ですから、わたくしもヒートアップして、ついいらぬことを口走りそうになりました。

「その子はファルマン殿の、なんだ？」

「いえ、なんでもありませんわ」

危ない、危なかったです。

この子の秘密を知られてしまったら、わたくしが咎《とが》められるところでした。

それにしても、〝婚姻後〟にエレシアお姉様と縁を切る契約ですか……

ならば、〝婚約中〟の今ならまだチャンスがある、ということですよね。

早く手を打てば、何とかなるかもしれません。

――お姉様だけ幸せになるなんて、許しませんからね。

◆

「ほう、エレシアがアーツブルグ王国のレオン殿下と婚約か。殿下も物好きだな。僕の使い古しが欲しいなんて」

「まったくですわ。なぜ、よりによってエレシアお姉様なのでしょう。世の中、意味の分からないことだらけです。腹が立って仕方ありません」

頭にきました。お姉様を負け犬にしてやったと思っておりましたのに。

このような大逆転を許すなんて、世の中は理不尽です。

そもそも、ちょっと小さな子供の世話をしたくらいで王子様の婚約者になれるなんて、どう考えても間違っています。

こんな横暴は許してはなりません。わたくし以外にもそう考えている方はアーツブルグ王国にいるはずです。

エレシアお姉様、絶対に自分だけ幸せになんてさせませんから。

どんな手を使っても、王家の方との婚姻はわたくしが奪ってみせます。

「おいおい、そんなに怒るほどのことか？　そりゃあ、王族との関係を断つような契約をしたエルクトン侯爵の判断には驚いたが、お前はもうすでにベルモンド家の者なのだ。心配しなくとも、何一つ不自由はさせせんよ」

いいえ、そんな心配はしてないのですが。

ベルモンド家などアーツブルグ王家と比べれば格下も格下。

わたくしはあの小さなお姉様から見下されることが何よりも嫌なのです。

昔からなんでもできて、わたくしのことを子供扱いして、欲しいものを簡単に手に入れて。

ともかく、遊んでいる暇はありません。

急いでアーツブルグ王国に向かいませんと。

「そうですわね。わたくしにはファルマン様がいらっしゃいますから。見る目のない世間知らずの王子のもとに嫁ぐよりも、よほど幸せです」

「ふっふっふっ、僕が殿下よりも男として上だって？　さすがに褒めすぎではないか？　まぁ、悪い気はしないがな」

ちょろい。ファルマン様は本当に扱いが楽ですわ。

お姉様と婚約をした時は真剣な顔で、彼女を一生愛するとか言ってたくせに、ちょっと持ち上げると簡単にわたくしになびきましたから。

それを真実の愛だなんて、笑わせてくれます。

「しかし、アーツブルグ王国の王都は、一度は見に行きたかった場所です。この子が生まれると旅行にはなかなか行けなくなりますし……。それに、エルクトン家ではなく、ベルモンド家の者として義兄になる方に挨拶くらいしなくては、とも思います。王家との縁はあって損はないものですし」

「ふむ。隣国の王家との縁か。まぁ、それは置いておいて、旅行は悪くないな。お前がそんなに行きたいのなら、しばらくバカンスを楽しもうじゃないか」

よし。ファルマン様を上手く誘導できました。

もっとも、わたくしが頼めばそれに従ってくれると思いましたが……やはりこの人は扱いやすいです。

「ついでに父上と母上も連れていってやるか。向こうの宮廷鑑定士は世界一有能だという。なんでも、どんな医者よりも正確に健康診断ができるらしい。これがかなり評判が良くてな。金を積めば他国の者も診断してくれるのだ。旅行のついでに家族の健康もしっかりと診《み》てもらおう。父上たちも若くないし、僕も父親になる訳だし、子供のためにも体は大事にせねば」

「はぁ、宮廷鑑定士ですか」

あのうるさい義両親がついてくるのには抵抗がありますし、鑑定士とやらの健康診断にも興味がありませんが、アーツブルグ王国へ向かうことができるのならなんでもいいです。

――エレシアお姉様からすべてを奪って差し上げますわ。

普通に考えると、既婚者でありお腹に子供がいるわたくしに王家の方は見向きもしないでしょう。

しかし、逆にそれを利用するという方法もあるのです。

だって、この子は――

◆

「アーツブルグ王国にですか？　それは構いませんけど、報酬はいつもの二倍もらいますよ。いわゆる、出張代金というやつです」

「構いませんわ。その代わり、計画には付き合ってもらいます」

「せっかく公爵家に嫁いだのに、それを捨てたいだなんて。身の丈に合わない欲望は自らを滅ぼす……なんて言葉がありますが大丈夫ですか？」

「喧《やかま》しい方ですね。お金は渡しますから黙ってわたくしに従いなさい。ドクター」

「やれやれ、眉間に皺《しわ》を寄せると美人が台無しになりますよ」

鬱陶《うっとう》しいほど長い前髪の奥から光る鋭い緋色の瞳。

わたくしに軽口を叩くこの男、ドクター・カインは私の主治医です。

高い魔力を持つ治癒術士として、さらには国一番の名医として名を馳《は》せる彼に、わたくしはアーツブルグ王国へ同行するように頼みました。

彼には二つの裏の顔があります。

一つは、人身売買のシンジケートを取り仕切っている奴隷商人の取引相手という顔。

そしてもう一つが、良家に嫁いだものの子宝に恵まれない女性に、魔力を使って〝偽装妊娠〟手術を施す闇医者という顔です。

治癒術を応用し腹を少しずつ大きくさせて、時期を見て奴隷商人から買った男子の赤ん坊を出産させたかのように偽装し、腹の大きさを元に戻すという手法を取るので、両親に似た子供を調達することでバレる危険性も少ないみたいです。

彼はこうして跡継ぎ問題に悩む女性に恩を売って、莫大な財を稼いでいるのでした。

わたくしの場合は、ファルマン様との既成事実を作るのに利用させてもらいました。

おかげでベルモンド家の家宝の壺を二つほどイミテーションと交換することになってしまいましたが。

「変な動きをして偽装がバレないようにしてくださいね。僕はもう少しこの国で商売するつもりなんですから」

作戦はこうです。

ファルマン様を怒らせた結果、彼の暴力のせいで子供が死産してしまう、という演出をすることでお姉様に泣きつきます。

あの人はああ見えて甘い人間ですから、子供を失ったわたくしを突き放すことはしないでしょう。あとはエレシアお姉様からアーツブルグ王家に口利きしてもらって、王宮暮らしを堪能させていただく。

同情を買うことは得意なので、これで上手くいくはずです。

カインに同行を頼んだのは死産の診断をしていただくため。

エレシアお姉様、可愛い妹があなたのもとへ向かいます。

また、わたくしにあなたの幸運を分けてくださいね。

◇第二章『不穏な空気』

「それでは、これから父上に挨拶しに行こう」

「は、はい。大丈夫です」

「緊張するのは仕方ないが、私がついているから安心しろ。……それでは行くぞ」

この国に来て、ちょうど一週間が経った。慣れというのは怖いもので、私は毎日非常に楽しい生活を送っている。

そしていよいよ今日、私はアーツブルグ王国の国王陛下と謁見《えっけん》する。

本来ならもっと早くにお会いすべきだったと思うけど、レオン様がまずはこちらの生活に慣れてからと気を遣ってくれていたのである。

さすがに緊張が体を支配していて、足の震えが止まらない。

たぶん、今までの人生で一番緊張している。

「父上、エレシアを連れて参りました」

扉を抜けて一歩部屋の中へ足を踏み入れると、目の前には威厳に満ちた初老の男性が座していた。

レオン様のお父様であるアーツブルグ王国の国王陛下、ベルンハルト・アーツブルグが玉座の上から私たちを見据えていた。

何というか、こう、威圧感がすごい。一国の主だから当たり前なのだろうが、周囲の空気が頬をピリピリと刺激しているような、そんな錯覚すら覚えた。

「こちらが婚約者として私が選んだ相手、エレシアです」

「エレシア・エルクトンと申します。陛下にご挨拶することができて光栄です」

レオン様が私を陛下に紹介する。

ふと、かつてベルモンド公爵家に挨拶をした日のことを思い出した。

あの時は、元夫の両親に気に入られようといろいろと話題を用意したのだが、今日は突然の出来事で何も用意していない。

アドリブで何とか乗り切らなくては。

とにかく失礼のないように、努力しよう。

「おおっ！　レオンが初恋の相手とずっと言っていた娘か！　気立ての良さそうなお嬢さんではないか！　まったく、お前は絶対にエレシア殿でなくては婚姻せぬと我儘《わがまま》を抜かしおって……」

ガタッと玉座から立ち上がり、陛下は私たちのもとに駆け寄る。

レオン様、陛下にもずっとそんなことを言っていたんだ……と、思った以上に周囲に向けて私のことを話していたらしい彼に少しだけ驚く。

それにしても、陛下は意外にも気さくそうな方で、そのことにもかなりびっくりした。

「エレシア殿、十三年前は息子が迷惑をかけてすまんかったのう。あの日から大変じゃった。レオンのやつが、婚約者ができた、と大騒ぎしてな。最初のころは子供の戯《ざれ》言《ごと》だと思っていたんじゃが」

「ち、父上、昔の話はいいではありませんか」

「さすがに十年以上もの間、一途に想い続けているとなるとのう。息子の恋を成就《じょうじゅ》させてやりたいと思うのが親心じゃ。エレシア殿よ、よくぞ息子についてきてくれた。礼を言う」

陛下によると、あの日からレオン様は私と婚約していることを公言して回っていたみたいだ。彼と親しい人間の誰もが私のことを知っていたので、何となく察していたけれど。

レオン様についてきたのはまったくの偶然。私の離縁が十日も遅れていれば、彼との婚約はなかっただろう。

そう考えると、私がこの場にいることは運命とやらの導きかもしれない。

「そんな……お礼を言われるようなことなど何もしておりません。私こそレオン様のお相手として相応《ふさわ》しいのかどうか自信も持てないまま、こちらまで来てしまって。陛下にお気を遣わせてしまっているのではないかと、心配しております」

まさか国王陛下が頭を下げるとは思わなかったので、内心でかなり驚いている。逆に私のほうこそ何か失礼なことをしていないか心配しているというのに。

でも、思った以上に歓迎してくれていることは分かったので心は軽くなった。

国王陛下が私のことを快く受け入れてくれるかどうか、一番心配していたことだったから。

「いやいや、レオンは昔からどこか抜けているところがあってのう。親としてはかなり心配しとったんじゃよ。だから、エレシア殿のようなしっかりとしてそうなお嬢さんが妻として、こやつを支えてくれれば安心できるというものじゃ。レオンが間違ったことをしそうになったならば、遠慮なく蹴飛ばしてくれても構わん」

「け、蹴飛ばすのですか？　それはちょっと」

「父上、あまり変なことを仰《おお》せになるとエレシアが困ってしまいます」

「おっと、これはすまんかった。わっはっはっは」

陛下はレオン様のことを粗忽《そこつ》な性格だと心配されていた。だからといって、私が支えるにあたって暴力はいかがなものかと思うけれど。

でも、レオン様の生活を充分にサポートできるよう頑張ろうと心に誓った。

だって、彼は私の恩人なのだから。私は一生を彼に捧げたいと考えるようになっている。

この一週間は人生で一番楽しかった。こんな気持ちを味わえるなんて思ってもみなかった。

それにしても、私には頼り甲斐のある様子を見せていたレオン様も、お父様を前にするとあのように年相応の幼さも見えるようになるのか。

馬車に乗っていた時も思ったが、彼の不満げなお顔が私は好きかもしれない。

「ところで、父上。エレシアとの婚姻の儀式はいつごろにしましょう？」

「そうじゃのう。エレシア殿にもこちらの生活に慣れてほしいし、儀式にはそれに相応《ふさわ》しい人物を出席させねばならんじゃろう。早くとも一ヶ月はかかると見ておるが」

「承知しました。エレシアには最高のドレスを作ってやりたいですし、一ヶ月後に儀式を執り行《おこな》う方向で進めましょう」

えっ、たったの一ヶ月後に結婚するの⁉

婚約期間が随分と短いような気がする。

ファルマンとの結婚には、婚約からいろいろと準備や挨拶などがあって、半年以上かかったけど。

これはアーツブルグ王国での生活に一日も早く溶けこんで、王族の一員となる覚悟を固めなくてはならないだろう。

しかし、こうして国王陛下から客観的にレオン様のお話を聞くと、彼が長い間、私をずっと一途に想ってくれていたことを再び実感できた。

――それならば、私も遅くはなったけれど、この先の人生は彼の想いに応えるために使いたい。

私に愛情という感情を思い出させてくれた彼に報いることこそ、自分にとっての幸せだと考え始めていた。

「父上もエレシアを気に入ったみたいだな。私の昔話は少々照れくさかったが」

陛下への謁見《えっけん》を終えて、レオン様はどこか安堵した表情をした。

私はあまりにも緊張していて気を遣えなかったが、彼もかなり緊張していたみたいだ。

「私、レオン様の妻に相応《ふさわ》しいと認めてもらえるように頑張ります。長い間、想いを変えずに私を選んでくださったことを後悔してほしくありませんから」

「……ん？　いきなりどうした？」

「正直に申します。私がレオン様の求婚を受けた理由の半分は、家から逃げたかったからなのです。あなたの想いに甘えてしまいました。ですが、陛下から幼い日のあなたのお話を聞かせていただいた時に決心しました。遅いかもしれませんが、レオン様が私を想い続けてくださった分……お返ししたいと」

そうだ。私は家族から離れたいという半端な思いで彼の純粋な想いに甘えていたのである。

その上で、ずっと年上だとか、離縁した経験があるとか、自分に自信がないと言い訳をしていた。

当たり前だ。私にはレオン様の想いに応えるだけの覚悟がなかったのだから。

彼は長年積もりに積もった好意をまっすぐにぶつけてくれた。

ならば、私がすべきことは自信がないと俯《うつむ》くことではない。彼の気持ちを正面から受け止めることだ。

家族から裏切られて、疎《うと》んじられて、真っ白になってしまった風景が一瞬で色めくような奇跡を起こしてくれたのだから。

「逃げ場になったのなら良かったじゃないか。それに、私は見返りが欲しくてエレシアに求婚した訳じゃない。無理に頑張ろうとしなくてもいい」

「分かっております。ですが私がそうしたいのです。これから、どんなことがあってもレオン様を愛し続けたい。そう覚悟を決めましたから」

思えば、以前までの私はもう少し強かった。魔法も使えるし、凶悪な暴漢に立ち向かう勇気もあった。

ファルマンと婚約した時は、公爵家に入る者としての自信に満ち溢《あふ》れていたものである。

この方を支えられるだけの器量が自分にはあるのだと。だから彼は私を選んだのだという自負があった。

年齢を重ねて、家族やファルマン、そして義両親からいろいろと精神的に追い詰められて、私は自信をなくしていたのである。

今の私に必要なのは、自分ならばレオン様を愛し続け、支え続けていけるという自信だけ。

レオン様はこんなにも長く私のことを想ってくれていた。そんな彼に惹《ひ》かれているのは事実なのだから、せめてその気持ちには正直に生きよう。そう決めたのだった。

「覚悟を決めたとな。レオンが連れて帰ってきた女性がどんなものかと見に来たが、見所がありそうじゃないか」

「兄上！　わざわざ、エレシアに会いに来られたのですか？」

私の決心をレオン様に伝えていたところに、突然、レオン様よりも淡い金髪で長身の男性が私たちに声をかけてきた。

兄上と呼ばれているということは、第一王子であるエドワード殿下か第二王子であるライオネル殿下のどちらかだと思う。

「いや、なに。ライオネルと賭けをしていてな。お前が隣国からエレシア嬢を連れて帰って結婚するのかどうか。俺はもちろん、お前がエレシア嬢を連れて帰ると信じていたから、彼女の顔を見に来たという訳さ」

何とエドワード殿下とライオネル殿下が賭けをしていたなんて。

レオン様が私を連れて帰り宣言どおり結婚するかどうか、そんな賭けを兄たちがしていると聞いて、彼の顔は明らかに不快感を表していた。

「趣味が悪いですよ。私の真剣な想いを賭けの対象にするなんて」

「まぁ、待て。話はまだ終わっていないんだ。俺はお前が一週間前に彼女を連れて帰ったと聞いて、賭けは俺の勝ちだと主張したんだ。だが、ライオネルのやつ、まだ賭けは終わっていないと抜かすんだ」

レオン様の不愉快そうな表情を意にも介さず、エドワード殿下はまだ言葉を続ける。

私がこの国に来たのに、賭けが終わっていないとはどういうことだろう。

「それはどういうことですか？　私はエレシアをこうして連れて帰ってきたのですよ」

「そうだな。俺もそう思っているさ。だが、ライオネルは連れて帰っただけで、まだ結婚していないからって、負けを認めないいんだよ」

レオン様の疑問にエドワード殿下は、まだ結婚していないから賭けは終わっていない、というライオネル殿下の主張を口にした。

それにしても、どんな目的で二人は賭けを始めたのだろうか。

不可解で……なんだか嫌な予感がする。

「軽蔑《けいべつ》しますよ、兄上たちのことを。まさか、弟の結婚に金銭を賭けるなんて。アーツブルグ王室の格式を落とす行為です」

「品性に欠ける行為なのは認めよう。だがな、一つ訂正しておいてやる。俺とライオネルは金銭など賭けておらん。賭けたのは、次期アーツブルグ王位の座だ！」

突然のエドワード殿下の告白に、私もレオン様も驚いて目を見張った。

なんてものを賭けているのか！

大体、王位という大事なものを賭けるなんてあり得るのか。

あまりの展開に私の頭はついていけずにいた。

「お前も知っているだろう？　今日は調子が良かったみたいだが、父上はここのところ病気がちだ。……つまりそろそろ王位継承について真剣に考えねばならぬと思ってな」

さきほどの感じだと元気そうに見えた陛下のご体調がよろしくないらしい。それで、王位継承について考えようとするまでは分かる。

でも……

「負けた者は王位に就くことを諦める。そう約束した。悪いが、これは随分と前からあいつと決めたことなんだ。おっと、父上には内緒にしてくれよ。俺たち二人を敵に回すと、お前にとってもエレシア嬢にとってもまずいだろ？　それに俺はお前たちの味方なんだぜ。ありがたく思ってくれ」

エドワード殿下とライオネル殿下のあまりにも酷い賭けの内容に、私は声が出なかった。

どうやら、アーツブルグ王国に来て早々、私とレオン様は次期王位を巡る争いに巻きこまれてしまったようである。

「ライオネルは全力でお前らの結婚を邪魔するだろう。結婚式まであと一ヶ月だって？　それまで、エレシア嬢が無事でいるといいな」

「エレシアに手を出したら相手が誰だろうと許しませんよ……！」

「ならば、ライオネルからその女を守り通してみろ。楽しみにしているぞ。はっはっはっ」

楽しそうに笑うエドワード殿下。

ライオネル殿下が全力で私たちの結婚を阻止しようとしてくるなんて。この国に来て、穏やかに過ごせると思っていたのに、どうしたらいいのだろうか。


「すまない。兄上たちの戯《たわむ》れに巻きこんでしまった。あの二人は事あるごとに競っていたのだが、まさか私の婚姻まで賭け事の対象にするとは。どうしたものか」

レオン殿下は頭を下げて、二人の兄の賭けについて私に謝罪する。

この状況を嘆きたいのは分かっている。冷静な口調だけど動揺しているのは間違いない。声が少しだけ震えていたから。

それでもまだ十八歳の青年が、急に異常な状況に巻きこまれてもなお、叫び声を上げないだけ落ち着いていると思う。

「父上に言うべきか？　しかし、それによって兄上たちがエレシアに何か害を及ぼす可能性もある。やはり一ヶ月、エレシアを守り続けるべきなのだろうか」

簡単にどうすべきかという妙案は浮かばないだろう。

彼らを同時に敵に回すのは良くないと考えるか、それとも陛下に口添えをしてもらうか、レオン様はそれを悩んでいた。

「……大丈夫ですよ。私はレオン様を信じていますから。それに私はそこまで弱くありません。自分の身を守る程度の強さは持ち合わせています」

「エレシア……？」

気づけば、私はレオン様の両手を握りしめて、大丈夫だと安心させようとしていた。

必ず彼と二人で幸せになると私は決心したのだ。この先、彼と結婚するにあたってどんな妨害があろうとそれは揺らがない。

あんなに小さかった彼がこんなに大きくなって私を迎えに来てくれた。その事実を思い出せば、私はいくらでも強くなれる。

これでも魔法はそれなりに得意だし、襲われたって返り討ちにするくらいの気構えでいよう。

「レオン様、私を信じてもらえませんか？　私はあなたがどんな判断をしてもそれに従います。自信を持ってください。きっと大丈夫です」

これから立ちはだかるであろう困難を共に乗り越えるためには、お互いに信頼し合うことが大切だ。

私も全力でレオン様のことを信じて、彼の決断に寄り添おう。

「ああ、そうだな。どんなことがあってもあなたを守る。不安にさせて申し訳ない。……やはりエレシアは強いな。私はそんなあなたに憧れていたのだ」

レオン様は私にまっすぐな視線で力強い言葉をかけた。

私もどんなことがあっても、挫けない。こんなことくらいで、負けてなるものか。

「支え合うのが夫婦なのですから、二人で一緒にいれば不安なんてありませんよ。そんなに気を張らないでいてください。私のこともたまには頼ってくれると嬉しいです」

ファルマンとの結婚に失敗したのは、もちろん妹が原因ではあるが、私が彼とちゃんとした信頼関係を築けなかったことも原因の一つだ。

私はファルマンのことを支えようとしていたつもりだったが、心から寄り添っていなかったかもしれない。

だから私はこんな窮地に陥ってもレオン様に心から寄り添い、一緒に成長していきたいと思う。

彼と共にこれからの人生を歩むのだから当たり前だ。

「優しいのだな。……あのころに刻みこまれた温もりを思い出したよ。そうだ、兄上たちが何をしようが知ったことか。何があってもこの手を離さなければ良いことだ」

レオン様は私の手を握り返す。

賭けの対象にされたこと自体は嘆かわしいことだけど、私たちは自分の気持ちに正直でいればいいのだ。

そう、二人で誓った。

◆

陛下に謁見《えっけん》して、第一王子のエドワード殿下から賭けの話を聞かされた翌日。私はこの国に来て初めて寝覚めが悪い朝を迎えた。

レオン様は調べることがあると言い、リックさんとターニャさんに私を任せて一人でどこかに行ってしまった。

私を確実に守る方法に覚えがあると口にして、夕方には戻ると約束を交わす。

そんな中、私はリックさんとターニャさんに、王都で最も綺麗だといわれている公園に連れていってもらうこととなった。

「こうしてエレシア様の護衛をするのは感慨深いですな。あの日、レオン殿下を宥《なだ》めておられたエレシア様が、まさか殿下の婚約者としてこの国に来られるとは」

しばらく雑談しながら歩いていると、リックさんは昔を懐かしむようなことを口にした。

彼は昔から私のことを知っているような口ぶりだ。

ここ一週間、話をしていると妙に懐かしそうな顔をするから、知り合いなのかもしれないと思っていたけど……

「エレシア様はお忘れかもしれませんが、あの日、あなたが迷子になってしまわれた殿下を連れてこられた時、はじめに声をかけた護衛が私なのです」

「まぁ、あの時の兵士さんがリックさんでしたか」

「当たり前ですが、幼い殿下から目を離したことを随分と怒られましてなぁ。いやぁ、エレシア様が殿下を守ってくださっていなければどうなっていたことか。あなたは私の恩人でもあります！」

そうだ、思い出した。

あの時、私が魔法で暴漢を吹き飛ばした音を聞きつけて、憔悴《しょうすい》しきった表情で私に声をかけてきた大柄の若い兵士。

幼いレオン様を見るや否や、「殿下、よくぞご無事で」と涙目で駆け寄り、彼の無事を確認すると私に何度も頭を下げていた。

そうか、リックさんとも十三年前に会っていたのか。

人の縁というのは分からないものだ。

「その話なら聞いたことがある。あのまま見つからなかったらリックは打首では済まなかったらしい……ふわぁ」

「余計なことは言わんでいい！　あと、エレシア様の前で二度とあくびをするな！」

「昨日の夜中、寝ずに見張っていたんだ。眠たくもなる……グー」

「寝るなぁ！」

歩きながら眠るターニャさんにリックさんは怒り出す。

私の命を守るためにずっと起きてくれていたなんて……彼女に対する罪悪感でいっぱいになった。

レオン様が最も信頼している二人だと聞いているからか、やはり頼りになった。

「しかし、レオン殿下もかなり警戒しているのだな。私たち二人に片時も離れるなと念押しするとは、面倒くさい」

「馬鹿者！　そんなこと念押しされるまでもなく、することだ！」

「さすがは、幼いレオン殿下から目を離して大目玉食らったやつの言うことは違うな」

「うっ……」

ターニャさんはレオン様が警戒しているのには何か理由があると気づいているみたいだ。

まだあの日のことを気にしているのか、リックさんはバツの悪そうな顔をしている。

「殿下は五歳のころからエレシア様一筋なのだ。だから何か起こってはならぬとエレシア様を大事にされている。お前も殿下の護衛なら、殿下がどれだけエレシア様を愛されているのか聞いたことがあろう？」

「興味ない話を聞くくらいなら寝てるからな。私くらいになると、目を開けながらでも眠れるのだ」

「はぁ、お前というやつは……」

古くからレオン様の護衛をしていたリックさんが熱心にターニャさんに説明する。

なんだか、いつものことながら、レオン様がいない時にその話を聞くと照れてしまう。

とはいえターニャさん、目を開けながら寝るというのはどういう技なのだろうか。

「だから、私とリックをつけたのか。こんなことが起こると予想できたから」

「んっ？　どういうことだ？」

「……エレシア様、伏せろ！」

ターニャさんの声に、反射的に私は身をかがめる。

そんな私を、ターニャさんは華奢《きゃしゃ》な体からは信じられないほどの力で抱きかかえて、この場から距離を取った。

――その時、上から大きな音を立てて資材が落ちてくる。

いきなりの出来事に息が詰まりそうになる。まさか、これって。私のことを狙って……？

「た、ターニャさん、すみません。助かりました」

ターニャさんの目を見ると、イリーナさんのように瞳に青い炎が宿っていた。鑑定の能力を使ったのだろう。

レオン様が彼女もイリーナさんと同様に鑑定士の能力があると言っていたのを、私は思い出していた。

「この辺り一帯の建物は改修工事をしているみたいですな。ターニャが危機を察知してなかったら、エレシア様が危なかった。まさか、こんな時に事故が起きるなんて……」

「事故のはずがあるか、あれは故意だ。魔力でできた紐のようなものが資材に絡みついているのが見えた。私の目は誤魔化せん」

やはり、故意に資材を上から落としたのか。だとしたら、その犯人はまさかライオネル殿下。

明らかに殺意がある。私たちを結婚させないためにここまでするなんて！

「エレシア様、ご機嫌よう」

「――アンネリーゼさん⁉　なぜ、アンネリーゼさんがここに⁉」

突如、混乱している私たちのもとに、キラキラと淡く輝く銀色の光と共に現れたのは、アーツブルグ王国の聖女こと、アンネリーゼさんだった。

この国に来た日に会って以来だから、九日ぶりくらいの再会である。

彼女は多大なる魔力を持っている。ターニャさんは資材の落下は魔法によるものだと言っていた。

それなら、さっき資材を落としたのはまさか。

「エレシア様の想像どおりでございます。ライオネル殿下にあなたを消すようにと命じられましたの」

「そ、そんなこと……」

無表情のまま淡々とした口調で、アンネリーゼさんは告げる。

初対面の時はとてもフレンドリーで良い方だと思っていたのに。聖女として、たくさんの人を癒やしているとも聞いていたし。

「アンネリーゼ様だ！」

「相変わらずお美しい……！」

「すごい音がしたけど、何かあったのか？」

「資材が落ちたんだってよ」

「そりゃあ大変だ。アンネリーゼ様にお怪我がなければ良いが……」

アンネリーゼさんの登場によって、周囲の人々が集まってきた。

やはり、この反応。彼女は町の方々に慕われているらしい。

彼女は冷たい目をしてこちらを見据えていた。

「ライオネル殿下もわたくしのことを完全に信じていませんのね。監視の数が多くて腹立たしいですわ」

「えっ？」

ボソッと呟くようにアンネリーゼさんが告げると、上からさらに資材が落ちてきた。

これではアンネリーゼさんにも当たって、彼女も怪我をしてしまうのではないかというくらいの量だ。

私たちは避けられないと思わず目を瞑ったが、資材が不思議と私たちをすり抜けるように落下してきた。

「随分と大胆じゃないか。こんなことまでして、私たちと何を話すつもりだ？」

「まぁ、ターニャさんったら。そんな怖い顔してこちらを睨《にら》まないでくださいな。エレシア様、大丈夫ですか？　お怪我はされていませんか？」

「エレシア様に近づくな。この変態聖女」

ターニャさんはアンネリーゼさんと随分と親しいみたいだ。軽口を叩くターニャさんを見て、アンネリーゼさんは以前会った時と同様の笑顔を見せる。

さっきは冷たい顔で私のことを消すと言っていたのに、これはどういうことだろう。

「エレシア様、ごめんなさい。わたくしはこうしなくてはあなたと話すことすら許されなくなってしまいましたの」

「アンネリーゼさん？」

「ライオネル殿下に家族を人質に取られてしまいまして。さらに催眠術までかけられ、あなたを消すようにと無理な命令をされてしまったのです」

まっすぐに私の目を見つめて、アンネリーゼさんは家族を人質にされたことを話し始める。彼女の話を聞くうちに、ふつふつと怒りが込みあげてくる。

ライオネル殿下はなんてことをさせるのか。何の関係もない彼女を巻きこむなんて！

「エレシア様を消すようにと、ライオネル殿下がアンネリーゼ様に⁉　こ、これは一体どういうことなのだ⁉」

「人質に催眠術とは穏やかではないな」

「リックさん、ターニャさん、あとで説明します。アンネリーゼさん、それを私に伝えて大丈夫なのですか？」

人質を取られているのが本当なら、今この状況は明らかにライオネル殿下への裏切り行為に見える。

それに催眠術などかけられては、このような会話はできないのでは？　彼女の意図《いと》は何なのだろう。分からない……

「だからこその目くらましです。資材を落とすように魔法を使う寸前に力を振り絞り、一瞬だけ催眠術から逃れることができました。短い間ですが、これがあなたにメッセージを伝えられる最後のチャンスだと思いまして」

「め、メッセージですか？」

「エレシア様、王都からお逃げなさい。ライオネル殿下の目から逃れられる場所へ」

「――――っ⁉」

力を振り絞り何とか催眠術を破ったアンネリーゼさんが、私のために危険を承知で王都から出ていくように忠告しに来てくれた。

そこまで、状況は逼迫《ひっぱく》しているのか。それだけアンネリーゼさんのセリフは重かった。

一体ライオネル殿下から何を聞いたのだろうか。

「今回は取り逃がしたと言い訳できますが、次はさらに強く催眠術をかけられるでしょうから、催眠術に抗《あらが》うことは無理かもしれません。それにライオネル殿下の私兵が動けば、さらに危険は増します」

「そんな状況に……？」

「わたくし、レオン兄様が大切にされているあなたには生きていてほしい。エレシア様、あなたも魔法の心得があるみたいですね。気休めにしかなりませんが、わたくしの魔力の一部を渡しましょう」

アンネリーゼさんは慈《いつく》しむような表情で私に生きてほしいと告げた。

魔力を渡すってそんなことできるのだろうか……少なくとも私が魔力の修練をしていたころは、そんな芸当ができるなんて聞いたことがなかった。

彼女の魔力は今まで見た誰よりも多いし、分けてもらえるなら、心強いけど。

「それでは魔力を補給しましょう。お手をお貸しいただいてもよろしくて？」

「えっ？」

「エレシア様の肌、絹のようにすべすべしていますわね。ずっと触っていたいですわ」

「余計なことをするな、早くしろ変態聖女」

「あら、これは失礼いたしました。もう渡してしまいましたの」

気づけば握られた手が銀色に淡く輝いていて、アンネリーゼさんは私に背を向けていた。

私は手から温かさが広がるのを感じる。これがアンネリーゼさんの魔力……なんだか今までにないくらいの力が湧いてくる。

「それでは、健闘を祈りますわ。エレシア様」

思った以上にレオン様の婚約者から妻へとなる道は容易ではないみたいだ。アンネリーゼさんの忠告に従うかどうか、レオン様に相談しなくては。

手のひらに残る温かさは彼女の心の優しさに触れたようで、私に勇気を与えてくれた。

「さて、今から大きな音が聞こえるかもしれませんので、耳を塞がれることをオススメします」

「大きな音？」

「リック！　エレシア様を抱えてここから離れろ……！」

ターニャさんが言い終わらないうちに、後方で大きな爆発音が起きて、辺りに突風が吹き荒れる。

これは監視とやらを誤魔化すためのカモフラージュ？　それにしても、こんな周囲の資材を吹き飛ばすほどの大規模な爆発を一瞬で引き起こせるなんて。

「あの変態聖女、実力の十分の一も出していない」

「それに資材を誰にも被害が及ばないように吹き飛ばしていますな。アンネリーゼ様は魔力の量だけでなく魔術師の技量をもってしても、この国で最も強いといわれていますから。当然でしょうが」

なぜライオネル殿下がアンネリーゼさんの家族を人質に取ってまで、彼女を手駒にしたのかよく分かった。彼女に敵う人間がこの国にはいないからだ。だから、彼女も自分から遠ざけるために忠告したのである。

早く、レオン様と合流しなくては。

「お二人とも、お手をお貸しください」

「手ですか？」

「……そんな暇はないぞ。だが、まぁいい」

急いでこの場を離れる。ならば私がすることは一つ。

守られてばかりではいられない。お荷物になるのはどうしても耐えられなかった。

「……これを！」

「お、おおっ！　こ、これは⁉」

「身体強化魔法か。しかも力と守り、そして速さ。これらを一度に強化するのは並大抵ではないぞ」

身体強化系の魔法は、レオン様が褒めてくれた風魔法と同様に、私の得意な魔法の一つだ。

力。守護。速度。

この三種を強化する魔法を一度に使えるのは、私に補助魔法に特化した才能があるからだと、魔法の先生は驚いていた。魔力の大きさには関係なく、並外れた器用さがなくてはできないとも言われたので、誰でも使える訳ではないらしい。

効果は五分ほどしか続かないが、それでも通常の二倍の身体能力を発揮できるようになる。

「うおおおっ！　力が漲《みなぎ》る！　エレシア様、すごいです！」

「……これは、あの変態聖女にもできんかもな。これなら楽に逃げられる。よっと」

「た、ターニャさん？」

小柄な体格とは思えぬ力強さでターニャさんは私を抱えると、風のようなスピードで走り出す。リックさんは私たちの進行方向の先で落下してくる瓦礫《がれき》を、拳一つで粉砕している。

身体強化したとはいえ、これほどの身体能力を発揮できたことから、もともとの身体能力の高さが窺えた。

こうして、私たちはレオン様との待ち合わせ場所に急いだのだった。

◆

「――アンネリーゼが王都から出るように忠告を？　そうか、分かった」

待ち合わせ場所である王宮の庭園で私たちはレオン様と合流を果たした。

ターニャさんとリックさんからの報告を聞いて、彼は考えこむような仕草をする。ライオネル殿下が本気で私を消すために動いていることを察したのだろう。

あとは、レオン様がこの話を聞いてどう判断をするかだけど、果たしてアンネリーゼさんの忠告に従うのだろうか。

どちらにしても、ライオネル殿下の私兵から逃れ続けるのは難しいとアンネリーゼさんは言っていたし、このまま王宮に留まっていたら危険なのは間違いないと思うけど。

「ライオネル兄様がアンネリーゼの家族を人質に取り、さらに催眠術まで使って彼女の力を手に入れたとなると脅威だな。アンネリーゼは派手な真似をしてまでよく忠告してくれた。監視の目を欺くのは難しかっただろうからな」

レオン様はアンネリーゼさんの力やライオネル殿下の性格を知っているからこそ、私よりも状況の深刻さを理解しているのだろう。

私たちの話を聞くだけで正確に状況を把握している。

「実は午前中、私はライオネル兄様に会ってきたのだ。馬鹿な賭けはやめるよう説得するために……。ライオネル兄様は目的のためなら手段を選ばない人だ。きっとエレシアに何か危害を加えるに違いないと思ったからな」

何と、レオン様はすでに先を見据えて第二王子のライオネル殿下に会ってきたという。

しかし、その様子だと説得は不発に終わったみたいだ。レオン様の表情から見て取れる。

アンネリーゼさんの家族を人質にするほどなんだから、説得に応じるとは考えにくいけど。

「兄上は、私が結婚を諦めると口にしない限り手を緩めない、とね。アンネリーゼの話を聞いて確信した。ライオネル兄様はエドワード兄様との賭けに何としてでも勝つつもりだと」

アンネリーゼさんは、ライオネル殿下から今度はより強力な催眠術をかけられてしまう可能性が高く、手は緩められない、と私に言っていた。

たしかに、アンネリーゼさんが私を取り逃がしたと聞いたら、ライオネル殿下がさらに強力にコントロールしようとするのは自然な流れだろう。

アンネリーゼさんだけじゃない。ライオネル殿下には他にも私兵がいて、その方々も私を消そうと動き出しているのだ。

本気でライオネル殿下が動けば、私たちは一瞬で一網打尽かもしれない。

「レオン殿下、エレシア様を本気で守る気があるなら覚悟を決めるんだな。あの変態聖女の言うとおり、この国を出るか、それとも王都に留まってライオネル殿下と戦うか」

「恐れながら殿下。私もターニャと同意見でございます。アンネリーゼ様のお話と殿下の仰《おっしゃ》った賭けの状況から予想するに、我々はすでに窮地なのですから」

ターニャさんとリックさんはレオン様に進言をする。

こうして、はっきりと王族に意見を述べられるところをレオン様は買っているのだろう。

それに報いるように、この二人はレオン様の言いつけを守って、まだ十日にも満たない付き合いの私のことを第一に考えてくれている。

「分かっている。私もアンネリーゼの忠告がなくともどうにかせねばと思っていた。すでに結論は出ている」

レオン様は決心したような表情をしていた。そういえば、何か考えがあると言っていた気がする。

つまり、この状況もレオン様にとっては想定の範囲内だったのかもしれない。

「その結論とは何なのか、差し支えなければお聞かせいただけませぬか？」

「私はエレシアと共に王都から出る」

「――っ⁉」

驚きのあまり、思わず目を見開いてしまう。

「何なら、さきほど準備を終えたところだ」

何と、結論を出すだけでなく、もうすでにレオン様は王都から出る準備をしていたのであった。

つまり、アンネリーゼさんの忠告と同じことを考えていたのだ。

その判断力の速さには感服する。レオン様は混乱の最中にあっても冷静だ。

「殿下、それではこの状況も読んでいたのですか？　アンネリーゼ様がご家族を人質に取られて、エレシア様を狙ってくる、ということまで」

「リック、落ち着け。私とて万能ではない。まさかライオネル兄様が彼女の家族を人質に取るなど考えられるはずがなかろう。おまけに催眠術まで……。だが、あの人を侮《あなど》りはしない。きっと情け容赦ない手段に訴えることは予想していた」

レオン様はライオネル殿下の恐ろしさを十二分に承知の上で、対策を練っていたみたいだ。

ライオネル殿下が思いもよらない恐ろしい手段を選んだところで、対象さえ見失えばそれは無効化される。

彼はライオネル殿下と相対するのではなく、無力化するという道を最初から選んでいた。

「アーツブルグ王国は広い。エレシアには王都での生活に慣れてもらおうと思っていたが、そんな呑気《のんき》なことは言ってられんのでな。一ヶ月間、私と父上しか知らぬ辺境の避暑地にある別荘に身を潜めてもらう。もちろん、私も同行する。父上にも許可を取ったし、居場所を誰にも言わない約束もしてくれた。二人で十三年分楽しんでこい、とまで言われたよ」

「それでは、私たちはこれから……」

「身を隠すぞ、エレシア。尾行にだけは細心の注意を払って、一ヶ月、私はあなたを守りきってみせる！」

レオン様は私を「守りきる」と力強く断言した。

一ヶ月もの間、王都を離れる許可をもらったと言っていたが、それだけでも公務の引継ぎや手続きなど、いろいろと大変だったと思う。

なんせ陛下には二人の王子の賭けについて話してはならないのだから。

私を守るためにレオン様は最善手を打ってくれた。

大丈夫だ。私は何も怖くない。レオン様と共にいればどこにいても平気だ。

アーツブルグ王国に来て九日目にして、私とレオン様は王都から出ることになった。

私たちが結婚をするための逃避行生活が始まったのである。

◆

ターニャさんの両目に青い炎が浮かび、辺りを見渡す。

「大丈夫だ。周りを見渡したが、尾行されてはいない」

彼女の鑑定眼はイリーナさん直伝で、特に広範囲の危機察知能力に長《た》けているらしく、まさにこの能力は護衛にうってつけ。アンネリーゼさんが資材を落としたことをいち早く察知できたのも、この能力のおかげだ。

レオン様から王都を離れようと言われた日の深夜、私たちはレオン様の用意した馬車に乗りこみ、リックさんが御者となって王都からの脱出を図った。

結果、誰にも気づかれることなく、無事私たちはアーツブルグ王国の王都から出ることができたのだ。

これもレオン様が秘密裏《ひみつり》に、それもすごい速さで手配をしてくれたおかげである。

私は幌の出入口に体を寄せた。夜風が涼しい。昼間は暑かったけど、夜になるとかなり気温は下がるみたいだ。

「夜が明ければ、兄上たちも我々がいなくなったことに気づくだろう。きっとライオネル兄様は国中を捜すに違いない。発見されるまで、一月保たぬ可能性もある」

「その場合はどうするおつもりですか？」

「一応、別の潜伏場所も用意してはいる。そちらはかなり狭いのだが……仕方あるまい。エドワード兄様もライオネル兄様の捜索を全力で邪魔するだろうから、別荘の発見ができるだけ遅れることを願おう」

レオン様は、今から向かう辺境の別荘がいずれ見つかることを前提で動いているらしい。

いくら国王陛下と彼しか別荘の場所を知らなくても、国内にいる限り王族が本気で調べればどんなところでも見つかってしまうのは当然だろう。

しかし、エドワード殿下は私たちが見つからないことを願っているはずだから、ライオネル殿下の探索の足を引っ張って、結果的に時間稼ぎが成功するはず。そう考えていると彼は話してくれた。

辺境の別荘とはどんな場所だろうか。レオン様は少年時代に何度か行ったことがあるそうで、思い出の場所だとも言っていた。

こんな時に不謹慎かもしれないけど、どんな場所なのか少し楽しみでもある。

「だが私とリックだけしか連れていかないのは不用心ではないか？　いざという時、守りきれないぞ」

「少数で動いたほうが見つかるリスクは低い。ターニャ。いざという時はリックと共にエレシアを連れていけ。さすがに弟である私のことは殺そうとはすまい」

「分かった。エレシア様だけは何としてでも逃がそう」

レオン様はターニャさんといざという時にどうするかを話し合っていた。

ターニャさんとリックさんが私だけを逃がす……もしそうなれば、逃げたあと私はどうすれば良いのだろう。

レオン様はライオネル殿下に捕まっても殺されはしないと言っていたけど、それは私を安心させるための嘘のような気もする。

とにかく、私は私でレオン様の足を引っ張らないようにしなくては。

「こっちに来て早々、変なことに巻きこんですまなかったな。だが、エレシアよ。辺境の別荘はいいところだ。景色もいいし風情《ふぜい》があるところでな……すぐに見つかることは絶対にあり得ないから、しばらくはのんびり過ごすことができるはずだ」

「まぁ、それは楽しみです」

私は本心から楽しみだと彼に微笑む。この状況が不思議と怖くないのだ。実際には命を狙われていて、笑えない状況なのに。

私にとっては故国にいた時のほうが何倍も苦痛だったみたいだ。

レオン様が迎えに来る前までの私は半ば死んでいたも同然で、生きているという実感もなかったのである。

私を好きでいてくれる人がいるということが、こんなにも活力になるなんて思ってもみなかった。王都にいた時も新しい環境に気分が高揚していたし、揺れる馬車の中でレオン様と共にいるこの時も、私にとっては幸せな時間だった。

涼やかな風と蹄鉄《ていてつ》の音、それに土の匂い。すべてが新鮮で心地よかった。

「あそこは実際にいい場所だ。湖で釣りもできるし、昼寝もできる」

「前に行った時は釣りで勝負したっけな。エレシアも今度は一緒にどうだ？」

「釣りですか？　一度もしたことがありませんので、上手くできるか分かりませんが」

「それならば、私が教える。初めてならば、覚えればいい」

侯爵家の長女としてどこに出ても恥ずかしくないように、一通りの芸事はできるようになっていたけど、釣りはその中に含まれていない。

ターニャさんとリックさんはレオン様の直属の側近なので、どうやらその別荘に行ったことがあるみたいだ。

「ターニャやリックの他にも、私の側近で別荘の場所を知っている者はもちろんいる。ライオネル兄様も情報を聞き出すなら、そっちを狙うだろう。だから私はその者たちに偽の情報を流しつつ、エドワード兄様を頼るように伝えている。エドワード兄様も私の居所が知れることを良しと思わないだろうから、守ろうとしてくれるはずだ」

私が少しだけ考えこんでいたのを察したのか、レオン様はまさに懸念していたことの答えを出してくれた。

エドワード殿下は第一王子だ。レオン様の側近を数名守るくらい造作もないことかもしれない。

「それにしても、今宵は月が綺麗だな。エレシア」

「ええ、とても綺麗ですね。こんなにも美しい月を見たのは初めてかもしれません」

馬車はアーツブルグ王国の王都から北東に進んでいく。この馬車はレオン様が用意した魔道具により車輪などが強化されており、通常のものよりも何倍も早く移動できる特別製だと聞く。

もっとも、ライオネル殿下も同様の手段を用いることができるので、これで有利になったとは言えない。それでも、アンネリーゼさんの襲撃を聞いた時にはすでにこれを用意していたのだから、レオン様の周到さは驚嘆に値するだろう。

向かう先はアーツブルグ王国辺境の避暑地、ノイエルド。その町の片隅にある屋敷。それこそが私たちの目指す『秘密の別荘』だった。

◆

丸二日かけて別荘に辿り着いた私たちは馬車を降りた。ここが、レオン様が誕生日に陛下から頂いたという別荘か。この辺りは王都と比べて空気が澄んでいる気がする。

「レオン殿下！　お久しぶりでございます」

「ヒースクリフ、久しいな。連絡もなしですまない。ちょっとした厄介ごとがあってな」

「そうでございましたか。少人数での訪問、もしやと思っていましたが。とにかく、お疲れでしょう。ささ、中に入ってください」

立派な顎髭《あごひげ》を蓄え執事服を着た壮年の男性が私たちを出迎えてくれた。

彼の名前はヒースクリフさん。この別荘を一人で守っている方みたいだ。

レオン様は信頼できる人だと言っていた。この少ないヒントから私たちが厄介ごとに巻きこまれていると察したことから、優秀な人には違いないだろう。

彼は朗らかな笑顔を見せて、私たちを別荘の中へと招き入れた。

「ヒース殿、久しいですな。世話になります」

「……早く寝たい。寝床を用意してくれ……ふわぁ」

当然、こちらを訪問したことがあるリックさんとターニャさんは、ヒースクリフさんと顔見知りのようだ。

馬車の中で聞いた話では、二人はレオン様直属の側近の中でも信頼が厚いだけでなく、格段に腕利きなのだとか。

二人ともが兵士十人を相手取っても勝るくらいの戦力で、その腕を見こんで私の護衛に抜擢したのだと教えてもらった。

先日の身のこなしから、二人が切れ者であることは何となく分かっていたけど、やっぱりすごい人たちだったんだ。

「これは、リック殿にターニャ殿。レオン殿下の懐刀がお揃いとは、よほどの事態みたいですね。して、そちらの美しいお嬢様は？」

ヒースクリフさんは、こちらの二人を揃って連れていることからも事態の重さを感じ取ったみたいだ。

そして、その事態が見慣れない顔の私に関係していそうだということも。

まずは状況を説明すべきだろう。私はレオン様を一瞥した。

「私の婚約者のエレシアだ」

「初めまして、ヒースクリフさん。エレシア・エルクトンです」

「おおっ、あなたが噂のお嬢様でしたか！　殿下の長年の想い人でしたな！　レオン殿下、素晴らしいではありませんか、見事に初恋の相手を射止めるとは！」

私がレオン様の婚約者だと紹介されると、ヒースクリフさんは目を輝かせて喜ぶ。

レオン様はもしかして至るところで私の話をしていたのでは？　それを想像するとなんだか少しだけ気恥ずかしくなってしまった。

なんせ、どこで誰と話しても同じ反応が返ってくるのだから。

「しかし、エレシア様を婚約者としてここに連れてこられた、ということは、殿下の抱えている厄介ごとというのは――」

「そうだ。エレシアと私に関係していることだ」

「やはりそうでしたか。……まずは夕食に何か作りましょう。簡単なものしかできませんが、長旅の疲労を回復させることが先決でしょうからな」

ヒースクリフさんはいろいろと察したような顔をしたが、すぐに笑顔を見せた。ここに来るまでに食事の時間もできるだけ削っていたので、お腹は空いている。

私たちは彼の言葉に促されて、食堂に移動した。

「ヒースクリフは料理人としても一流なんだ。楽しみにしているといい」

そうレオン様が評したとおり、ヒースクリフさんの料理は最高だった。

簡単なものと言っていたけど、王宮での食事と遜色ないメニューの数々に、私たちは心も体も満たされた。

この辺りはぶどうの産地としても有名だそうで、ヒースクリフさんはワインを勧めてくれた。

これから作戦会議を行《おこな》うため、酔って思考が鈍らないよう少量だけ呑んでみたが、これが絶品で芳醇な香りに天にも昇るような気分になった。

そして、ようやく食卓も落ち着いたところで、レオン様はヒースクリフさんにここに来た経緯を話し始めた。

◆

「なるほど。エドワード殿下とライオネル殿下がそんな賭けを。エレシア様は命を狙われ、そして聖女アンネリーゼ様の家族が人質に……それは厄介ですな。――事情は分かりました」

ヒースクリフさんはここまでの経緯を聞いて渋い顔をする。

どうにもこうにも手が打てない状況に、彼は事情を把握したと言うとそれきり黙ってしまった。

私たちの置かれている状況の厄介さを理解したからだろう。

上位の王子たちの争いごとに巻きこまれ、命を狙われている私の隠し場所にこの別荘が選ばれたということは、この場所を切り盛りしているヒースクリフさん自身も、危険に巻きこまれる可能性があるということだから。

そう考えると私たちは彼に申し訳ないことをしている気がしてきた。何としても彼に迷惑をかけないように身の振り方には注意しないと。

しかしヒースクリフさんは胸をドンと叩き、溌溂《はつらつ》と答えた。

「陛下もこのような事態に備えて、私にこの屋敷を守るよう仰《おお》せになったのでしょうな。お任せください。殿下もエレシア様もこのヒースクリフが責任を持って匿《かくま》わせていただきます」

彼の目は自信に満ち溢《あふ》れていて、とても頼り甲斐があるように見える。

こんな状況でも任せてくれと断言できる胆力はすごい。この人なら信じられると私は確信した。

「頼んだぞ。ヒースクリフ」

「ええ、それでは明日から殿下たちは平民の服装をお召しになってください。その見た目では悪い噂も立つでしょう。ここは辺鄙《へんぴ》な場所ですが避暑地であるため別荘に滞在する海外の貴族も少なくありません。万が一にも殿下やエレシア様と気づかれる可能性がありますゆえ……外を出歩く時はそれに加えて必ず変装をしていただきます」

ヒースクリフさんはそう口にすると、このような事態を予測して備えていたという数々の衣装と変装道具を私たちの目の前に持ってきた。

なるほど、見た目を変えれば外を出歩くことも可能ということか。私はてっきり、ずっと屋敷の中に籠もるのかと思っていたが、これなら潜伏生活もさしてストレスはかからないかもしれない。

それにしても、この別荘にはこのような変装道具まで用意してあるのか。レオン様が万が一の時を想定していたと言っていただけはある。

遅めの夕食を頂いた私たちは各々入浴を終えた。私は自分の部屋として案内された部屋で寝間着に着替えた。

少し前まで隣国で「出戻りの娘」として扱われていたのに、今では逃走中の王子の婚約者。

人生というのは、本当に何が起こるか分からない。

ベッドの上でもの思いに耽《ふけ》っていると、扉をノックする音が聞こえた。ターニャさんだろうか。

彼女にはさっきまで雑談に付き合ってもらっていたのだが、何か忘れ物をしたのかもしれない。

「エレシア、ちょっとだけ部屋の中に入ってもいいか？」

「れ、レオン様？」

扉を開けて確認すると、深夜に私の部屋を訪れたのはレオン様だった。

いつになく真剣な顔つきをしているが、こんな夜更けに何の用事だろう。

「どうぞ、お入りください」

「すまないな」

私はレオン様を部屋に招き入れる。よく考えたら、婚約してから部屋で二人きりという状況は初めてだった。

そう考えると急に鼓動が速くなり、体温がグッと上昇したような気がしてきた。

「大した用事ではない。この部屋は屋敷の中で最も星がよく見えるんだ。一緒に見ようと思ってな」

「星、ですか？」

深夜に大真面目な表情だったので、私はどのような話かと思って身構えていたが、ただ星空がよく見える部屋ということを伝えに来ただけのようだ。

思った以上に可愛らしいお話だったのでなんだか脱力してしまった。

「どうした、目を丸くして？　そんなに変なことを述べたつもりはないぞ？」

「いえ、あまりにも真剣な顔つきをされていたので、何かもっと深刻なことかと」

「そ、そうか。緊張していたのは、このような時間に愛する者の部屋に上がりこむことに対してだったのだ」

「そ、そうですね。こ、このような姿を見せるのはたしかに少々恥ずかしいです」

どうやら緊張していたのは、私だけではなかったみたいだ。

まだレオン様の婚約者になって日が浅いにもかかわらず、寝間着姿を見せたこと自体はよく考えてみれば照れくさい。

とはいえ、彼の顔が強張《こわば》っていた理由を聞いて私は少しだけ嬉しく思う。

こんな自分を大事にしようとしてくれていることがよく伝わったから。

「ベランダは冷えるから、上に何か羽織ってくれ」

「承知しました。――まぁ、たしかにレオン様の仰《おお》せになったとおり絶景ですね」

部屋のベランダから空を見上げると、天球は宝石のごとく淡い光を放つ星々でいっぱいだった。

まさに満天の星空とはこのことを言うのだろう。

無限に広がる星空を眺めていると、自分自身がとてもちっぽけな存在だと気づかされると共に、そんな自分が抱いていた悩みさえも小さなことだと思えるようになる。なんだか心が洗われるような気持ちだ。

壮大にどこまでも光り輝き広がる夜空。それは幻想的で魅惑的だった。

「初めてここに来た時、私は十五の誕生日を迎えたばかりだったのだが、その時もこのベランダで父上と私の将来について話をしたのだ」

レオン様は私の肩を抱いて、夜空へと視線を向けた。

彼は第三王子なので可能性が低いとはいえ、国王になる資格はある。

もっとも彼の口ぶりからそのような野心は一切なさそうに見えた。

でも、国王陛下はどう考えているのだろうか。レオン様のことを買ってはいないのだろうか。

私はあのような賭けをするエドワード殿下やライオネル殿下が王になる未来は避けてほしいと思うようにもなっていたので、その点は気になっていた。

「その時、エドワード兄様とライオネル兄様がどちらも国王になりたいと、父上に意志を示していることを知ったよ。二人はこれから戦う運命にあるということも」

やはり国王陛下は決めかねているみたいだ。

エドワード殿下とライオネル殿下のどちらを王にするのか、最初から陛下は競わせて決めるつもりだったのかは分からないが。

つまり、あの二人はかなり前からお互いに意識していて、戦って雌雄《しゆう》を決しようとしていたようだ。そして、現在。私たちはその闘争に巻きこまれている。傍迷惑な話だ。

私に至っては命まで狙われているのだから、迷惑どころではないかもしれない。

「父上は私にも国王になる資格はあると仰《おっしゃ》った。だが私は王になることなんかよりも、エレシアが欲しかった。だから、その時にはっきりと王位継承の候補から外してほしいと頼んだのだ。そして、好きな人と結婚をさせてほしいとも」

この方は私と結婚するために王位継承権を放棄した、ということ？　なんてことを聞いてしまったんだろう。

たしかに王になるのであれば、その妻になる者の家柄もかなり重視されるはず。

そう、それこそ私のように他国の出身で離縁した経験もあるような女は相応《ふさわ》しくないと主張する人も出てくるだろう。

レオン様は私と結婚をすることが何よりも優先事項だったと話しているけど、それで本当に……

いえ、この期《ご》に及んでそんなことを考えるのはやめよう。私にできるのは彼の愛情に報いることだけだ。

「父上はそれを許諾した。たった一つの条件を出してな」

「陛下の出された条件？」

「それは、何があってもあなたを幸せにするということだ。アーツブルグ王国と天秤《てんびん》にかけてあなたを選ぶというのなら、あなたに人生を捧げて、どんなことがあっても不幸にさせてはならないと。そう父上は仰《おっしゃ》ったのだ」

陛下が出された条件は私を幸せにすること。何という約束をさせたのだ。

私に己の人生を捧げろとは、それは何とも畏れ多い。

しかしながら、満天の星空の下でそのような告白をされたとなると、どうしようもなく喜びのほうが勝ってしまう。

十三年前に出会ったこの青年がこんなにも一途に想ってくれているのだ。幸せに決まっている。

「レオン様がそのような条件を出されているならば、私は頑張らねばなりませんね」

「どうしてエレシアが頑張るのだ？　私があなたを幸せにするために努力せねばならないのは分かるが」

「私の幸せの中には、レオン様も共に幸せになることが含まれていますから。ですから、一緒に歩んでいきたいのです、陛下の出された条件を達成するための道を。私もレオン様を幸せにしたいのです」

私はかつて別の男性から「君を幸せにする」という言葉を頂いたことがある。

その時の私はそれを漫然と受け取るだけだった。

誰かが自分を勝手に幸せにしてくれる、などということはあり得ないのにもかかわらず。

幸福という言葉は非常に曖昧で抽象的だ。

たとえ今日食べるものに困っていても、愛する人と一緒にいられれば幸せだという人もいれば、裕福な環境にありたくさんの人に慕われていても不幸だと感じる人もいる。

つまり、幸せになるためには自分自身の強い意志の力が必要となるのだ。

レオン様が私のことを幸せにしたいと想ってくれるのは非常に喜ばしいことだ。

――でも、私は一人で幸せになるんじゃなくて、この人と一緒に幸せになりたい……！

彼の言葉を聞いて、私はそう強く願った。

「……エレシア、あなたのことを好きになったのはやはり間違いではなかった。惚れ直したよ。共に幸せになる、か。そうだな、それでは頼む。私のことを幸せにしてくれ」

「承知いたしました。レオン様」

辺境の町の外れ、あまりにも静かな星空の下。私とレオン様は初めてお互いの唇を重ねた。

夜風がさっきよりも冷たく感じる。それはきっとレオン様のせい。彼が私に温もりを分けてくれたからだ。

見上げると星空は輝きを増して、私たちの未来を祝福してくれているように思えた。

◆

「あっ、また釣れました」

「エレシアは器用だな。本当に初めてか？」

「もちろんです。こういったことはまったくさせてもらえませんでしたから」

ノイエルドの別荘に着いてから一週間ほどが経過した。

逃亡中なのが嘘のようにのんびりとした時間を過ごしている。

今日は別荘の近くの湖で釣りをしている。私がレオン様からやり方を習うと、……コツを掴んだらしく次から次へと魚が釣り上がる。

魚の呼吸を読んで釣り竿が反応を示すのをジッと待つ。上手くいった瞬間はなかなか快感であった。

——あっ、また釣れた！　と繰り返すうちに、バケツの中は十匹以上の魚でいっぱいだ。

「レオン殿下、エレシア様に負けてるじゃないか」

「ヒースクリフによれば、ノイエルドの町にはまだ捜索の手が迫ってはいないみたいだ。

皆で釣りをすることがこんなにも楽しいとは思わなかった。

毎日が本当にゆっくりと過ぎ去っていて、心の平穏が保たれる日々。

いてしまっているからなのか、彼は未だに一匹も釣れていなかった。

さきほどから餌だけを食べられて魚に逃げられている。力が有り余っていて、魚が驚
ターニャさんとは逆に、リックさんはこういった釣りのような作業は苦手みたいだ。

「ぐぬっ、申し訳ありません。殿下」

「リックよ、大声を出すな。こちらの獲物も逃げるではないか」

「ぬわぁ〜〜！　また、逃した〜!!」

獲物がいるポイントを瞬時に見極めて竿を振る彼女は、淡々と釣りを成功させていた。

鑑定眼って釣りにも使えるみたいだ。何と応用力の高い能力だろうか。

ターニャさんは誰よりも多く獲物を釣り上げていて、レオン様に軽口を叩く。

「うるさいな、ターニャ。お前の鑑定眼は反則だろう」

「私と勝負した時も似たようなことを言ってたような……」

「むっ、私は大物を狙っているのだ」

ライオネル兄様の手の者が、王都に近い町から順番に虱潰《しらみつぶ》しに探しているから、この先、どうなるか分からんが」

「あと何日こちらにいられるのか分からないということですね」

「そのとおりだ。すまないな。私が情けないばかりに、こんな逃亡生活を強いてしまって」

「いいえ、私は今を楽しんでいます。毎日、心を洗濯している気分です」

穏やかな時間というものが人生においてどれだけの価値があるのか、私は知らなかった。

こうやってレオン様と肩を並べて釣りに興じる一時が、こんなにも自分を癒やしてくれるなんて、思いもよらないことだったのだから。

本来なら、レオン様も二人の王子と戦いたかったはず。

陛下に直談判して、このような賭けを中止にしたかったのだと思う。

そうなると、私が彼の弱点になってしまう。

エドワード殿下とライオネル殿下の両方を敵に回せばただでは済まない。レオン様は私を守るために逃げの一手を選択したのであった。

とはいえ、当然のことながら、最終的には私たちは王都に戻らなくてはならない。

「だが、いつまでも逃げっぱなしという訳にもいくまい。二十日後に王都に戻らなくては結婚することはできないのだから」

「もちろんだ。王都に戻る準備はしている。ヒースクリフを頼ったのはそのためでもあるのだ。彼を介して王都の情報は入ってきている。ヒースクリフはもともと我が国の諜報員だったからな」

ヒースクリフさんは私たちが王都に戻れるよう、たくさんの情報を仕入れてくれているとのことだった。

だけど、本当にそれで大丈夫なのだろうか。陛下の御前で結婚さえしてしまえば、万事解決なのだろうか。

実は少しだけ不安だったのだ。だって、もしこの賭けにライオネル殿下が負けたとして、大人しく引き下がるとは思えないし、それに一番変だと思っているのはあのことだ。

「……それに加えて、この馬鹿げた賭けを始めた本当の理由も一緒に探らせているということか？」

「そのとおりだ」

ターニャさんの発言にレオン様は頷《うなず》く。

どうやら彼女も何かしらの違和感を覚えているみたいだ。この賭けは王座を決めるための賭けではないと。

二人の賭けには別の理由がある。これはほぼ間違いないことだと私も思っていた。

「こんな賭けに負けたところで、あの二人が大人しく引き下がるはずがない。結局、次期王座は陛下が決めるのだからな。陛下の与《あずか》り知らぬところで賭けをしても意味を成さない」

「それはそうだが、少なくともライオネル殿下は本気で動いているではないか。アンネリーゼ様を唆《そそのか》してエレシア様を害そうとしたり、今も必死で捜索したりしているからな」

リックさんの言うとおり、賭けが成立しているからこそ、こうして私たちも隠れることを余儀なくされている。それは間違いないのだ。

二人がお互いに同意の上で、賭けに負けたほうが王位継承権を放棄する覚え書きでも交わしたと考えたほうが自然である。

私も、この賭け自体は双方が納得して行《おこな》っていることは疑っていない。

「私もライオネル殿下は本気だと思っている。しかし、エドワード殿下はどうも怪しい。本来ならレオン殿下以上にエレシア様を守る立場にあるというのに、あの変態聖女に簡単に接触を許しているのは解せなかった。王座に就くつもりなら、もっとこちらを支援しようとするだろう？」

ターニャさんの言うとおりである。

あの時、エドワード殿下は賭けについて触れただけだった。

本気で賭けに勝つつもりであれば、会った際、私たちに何らかのアクションを起こしているはず。

私が消されればエドワード殿下の勝ち目はなくなる。ならば、エドワード殿下はレオン様と同様に手厚く私を守ろうとするのではないか。

少なくとも私には、殿下が賭けに勝つために徹しているように見えなかった。

「ターニャの言うとおり。エドワード兄様は賭けに負けたがっている……とまでは言わないまでも、賭けを始めた瞬間から何か別の目的のために動いているのかもしれん。だからこそ、身を隠しながら情報を得ねばならんのだ。エドワード兄様は敵ではないが、だからといって味方に成りうるかと言えば、疑わざるを得ないからな」

レオン様はターニャさんの答えを肯定した。やっぱりエドワード殿下には何かしらあるのだ。

それが不気味で恐ろしい。私たちはすべてを疑わなくてはならないのだ。

「それでは、あの時にレオン様が側近の方々にエドワード殿下を頼るように指示を出したのは、どういう意図《いと》があったのでしょうか？」

「探りを入れさせることも目的の一つだ。エドワード兄様の思惑を知ることができれば、ライオネル兄様とも交渉の余地が生まれると思ったのだ。ともかく、まだ時間がかかる。今日は釣りを楽しもう」

このあと私とレオン様は、ターニャさんとリックさんを相手に釣りで勝負したりして、束の間の安らぎの時を過ごした。

それにしても、エドワード殿下には王位以外に、一体どんな目的があるのだろうか。仮に王になることに匹敵するような野望があったとして、私などにはとても想像もつかないことのような気がする。

でも、今はこの一時を大事にしよう。こうして、皆で過ごす穏やかな日々を。

◆

……ああ、ようやく着きましたね。

「ほら、見てごらん。君が行きたがっていたアーツブルグ王国の王都だよ。噂どおりの美しさだな」

ファルマン様は機嫌良さそうにわたくしに話しかけてきました。

ここがアーツブルグ王国ですか。たしかに綺麗な場所です。

そして、お姉様はこの国の王子の婚約者。

やはり、何度頭に思い浮かべても虫唾《むしず》が走ります。

どう考えても出戻りの年増《としま》の女でしかないお姉様が一国の王子の婚約者だなんて、信じられません。

あの人、ちょっとわたくしよりも若く見られるからって調子に乗りすぎですわ。

「いいところですね。ファルマン様、ありがとうございます。わたくしは夢が叶って、胸が高鳴っておりますわ」

「夢とか大袈裟《おおげさ》だな。うむ、よかろう！　そんなに気に入ったのならば、この国の避暑地に別荘を買ってやろう。子供が大きくなったら、家族で毎年旅行に行くのだ。どうだ？　嬉しいだろ？」

「まぁ、素敵です。さすがはファルマン様、あなたの妻になることができて本当に幸せです」

「そうだろう。そうだろう。わっはっはっ！」

別荘などいらないです。まったく馬鹿笑いして、わたくしはこの人の笑い方が嫌いなのです。

なんで、お姉様はこの人と何年も一緒に住んでいて平気だったのでしょう。わたくしはすでにファルマン様の嫌なところを百個は口にすることができますわ。

でも、ファルマン様には感謝してますよ。わたくしの人生の踏み台になってくれるのですから。

ふふ、もうすぐエレシアお姉様からすべてを奪えるのです。

そう考えるだけで胸が高鳴るというものです。お姉様だけ幸せになるなんて絶対に許しません。

「わたくし、王宮を見てみたいのですが」

とりあえず、計画を実行する前に世界で最も絢爛豪華だと謳《うた》われるアーツブルグ王宮を見ておきましょうか。自分が将来住むことになる場所を。

うふふふふ、楽しみですわ。

公爵家のお屋敷なんて、きっとみすぼらしく見えるくらい、すごいのでしょう。早く見てみたいです。

これくらいの頼みならファルマン様も聞いてくれるでしょう。

「うむ。それは構わんが、健康診断を受けてからだ」

「健康診断？　そういえば、そんなことを仰《おっしゃ》っていましたね」

たしか、世界一の鑑定士が体の異常がないかどうか調べるんでしたっけ。

そのために馬鹿みたいな金額を用意したとか。

まったく、アーツブルグ王室御用達《ごようたし》の宮廷鑑定士だかなんだか知りませんが、がめついったらありゃしませんわ。

これが親孝行とか言っているファルマン様は頭がどうかしています。親に長生きされたら遺産が少なくなるというのに。

こんな人、やっぱり早く見切りをつけるのが正解でしょう。

「宮廷鑑定士のイリーナに診《み》てもらえるなんて、滅多にないんだぞ。レナもこれで安心して子を産めるな」

――今、この人は「わたくし」もと仰《おお》せになりました？

いやいや、わたくしがいつ鑑定士に診《み》てもらいたいと言いましたか？

わたくしの身体の秘密がバレるかもしれないではないですか。

これはピンチです。こんな馬鹿みたいなことで、わたくしの苦労が台無しになるのだけは避けなくてはなりません。

「……どうするんですか？　宮廷鑑定士なんて聞いてないですよ。僕の手術は完璧ですが、鑑定されたらさすがにバレます」

背後から同行させていた闇医者のカインが耳打ちをしてきました。

バレるって、そんなにはっきりと縁起でもないことを。

鑑定されたくらいでバレるような雑な仕事をしないでくださいよ。まるで、他人事みたいにそんなことを言うなんて信じられません。

大体、何とかしてもらわないとあなたの商売もできなくなるのですよ。

「わたくしは鑑定士さんに診《み》てもらわなくても結構ですわ。あまり興味を持てませんし」

「ふむ、そうか。普通は皆、喜んで診《み》てもらっているのだが」

ふふっ、わたくしの言うことならなんでも聞いてくれるのだから。これほど、楽な人はいませんわ。

これで、安心、安心。ああ、危ないところでした。

本当にちょろいです。ちょっと上目遣いで目を潤ませるだけでこの人は簡単にわたくしの言いなり——

「何を言う！　これからベルモンド家の跡取りになるやもしれん子を産むのだぞ！　きちんと調べてもらいなさい！」

「そうですよ！　レナさん！　あなたの体にはベルモンド家の将来がかかっているのです！　自覚を持ちなさい！」

義両親が後ろからガンガンと怒鳴ってきます。

エレシアお姉様を追い出す時は味方になってくれたから心強かったけど、実際に義両親という立場になられると鬱陶《うっとう》しいことこの上ない。

お姉様はいい義両親だと言っていたのに、嘘じゃないですか。

わたくしの好き勝手を許さない義両親なんていりません。ファルマン様との結婚生活で一番のネックがこれでした。

しかし、面倒なことになりました。

宮廷鑑定士の診断を避けなくては、わたくしの今までの苦労が水の泡です。

絶対に避けなくてはいけません。何とか言い訳を考えなくては。

「レナ様は僕の患者です。今はとてもデリケートな時期ですから。知らない他人に体のことを知られるのは逆に胎教に良くないかと。僕はこちらの国でも顔が利きます。入国時の健康診断でしたら、代わりを務めても問題はありません」

「うーむ。国一番の名医であるカイン殿がそう言うのなら仕方ないか」

「まぁたしかに、体の隅々まで調べられるのはある意味ストレスかもしれませんね」

ナイスです、カイン。やればできるじゃないですか。今の発言には感謝してあげますよ。

あなたも報酬がもらえなくなったら困るでしょうから、フォローしてくれるとは思ってましたが、本当によくやってくれました。

これで、わたくしは安心して入国できますわ。ファルマン様、せいぜいお体をお大事になさってください。

まったく、鑑定士に健康診断されて何が面白いのか全然理解できませんね。

こうして、ファルマン様たちは順番待ちをしたあと宮廷鑑定士とやらがいるという部屋に案内されました。

「ちょっとぉ、お酒を控えなきゃダメですよぉ。寿命にかなり影響しちゃいますからぁ」

「そうか、そうか。いやー、イリーナ殿の鑑定は素晴らしい。ワシの体中をいとも簡単に調べ尽くすなんて」

義両親たちの鑑定が終わりました。

わたくしは部屋の隅で鑑定が終るのを待っています。

なるほど、イリーナとやらの鑑定能力というのはかなり厄介ですね。

あんなにも簡単に人の体のすべてを診《み》ることができるなんて。

でも、こんなことに普通大金を支払いますか？　これで義両親はまだまだ長生きしてくれそうですね。あー、忌々しい。

あとは、ファルマン様の鑑定が終われば晴れて自由の身ですから、少しだけ我慢をしましょう。

さっさと終わらせてください。わたくしは早く観光しに行きたいのですから。

「次は僕だな。宮廷鑑定士に会うのは、実は楽しみだったんだ」

「あらぁ、隣国まで私の名前が届いてるなんて光栄ですわぁ。でもぉ、私に鑑定された人が必ずしも幸せになる訳じゃないんですよぉ」

「そうか。たしかに持病が見つかったら、気落ちするだろうから、そのとおりだろう。だが、僕は健康には自信があるからね。そのお墨付きを君からもらいたいだけなのさ」

イリーナの目に青い炎が宿ると、彼女は舐め回すような視線をファルマン様に送ります。

この人の体に悪いところなど見当たりませんし、どうせ健康体と言われて終わりでしょう。

くだらない。こんなにも面白くないことってあるでしょうか。

「健康といえば、健康ですねぇ。長生きできますよぉ、今のままの生活を続ければぁ」

「ほら、見なさい。健康に自信があると言っただろ？　長生きできるってさ」

ほら、何の面白味もない結果です。

ファルマン様、あなたは大金を使ってそのドヤ顔がしたかったのですか？　何度も言いますが、わたくしには理解不能でした。

でも、健康診断はこれで終わりです。ようやく王都に入ることが叶います。

さて、いよいよ王宮が見られる訳ですか。あー、楽しみです。

「しかし、一点だけ問題がありますぅ。ファルマン様はお子様を作ることができないでしょう！　お可哀想ですけどぉ」

「はぁ？」

イリーナが二言目を発した瞬間、夫と義両親の視線が即座に私の腹に集まりました。

ど、ど、どういうこと？　ファルマン様が子供を作れないって……？

いきなりのイリーナとやらの告白に、わたくしはゾクッと背筋が凍りつくような感覚を覚えました。

「い、イリーナ殿よ。僕が子を作れないというのは何かの間違いではないか？　見てのとおり、僕の妻は妊娠している」

「あらぁ、後ろの女性ってぇ。ファルマン様の奥様でしたのぉ？　宮廷鑑定士の名に懸けて断言しますわぁ。あなたの子では――」

あの女！　言わせておけば、好き勝手に言いやがってですわ。

今すぐに、口を閉じさせないとなりません。

こんなところで、偽装妊娠がバレる訳にはいかないのですから。

殺すしかありませんね。首を絞めて、殺して差し上げます。

「このっ！　インチキ鑑定士！　取り消しなさい！　この子はファルマン様の子です！」

「ちょ、ちょっとぉ！　な、何するのぉ……っ……！」

わたくしはイリーナの首に手を伸ばしていました。

この女にさえ、何も喋らせなければ誤魔化せるはずです。

まだ、終わっていません。絶対にこれで終わらせる訳にはいきません。

王宮で生活するためにわざわざここに来たのに、すべてがバレるなんて馬鹿げています。

わたくしはエレシアお姉様よりも幸せになれる人間なのですから。

「レナ、離しなさい！」

「こんなにムキになるということは、まさか本当にファルマンの子ではないのか！」

「そ、そんな、僕らは真に愛し合っていたんじゃ！」

クソッ、クソッ、クソッ……！

わたくしの体さえ診《み》られなければ、バレることなんてないと思っていたのに、なんて最悪な結果でしょうか。

てっきり、エレシアお姉様との間に子がいなかったのは、お姉様に原因があると思っていました。

ファルマン様が自信満々にそう語っていましたから。

なんで、この男は根拠もないことを真実のように話せるのでしょうか。許せません。

やっぱり早くこの女の口を封じなくては。

わたくしなら言い訳などすぐに思いつけるはずです。殺してしまった理由などいくらでも。

これ以上、変なことを言われる前にこのクソ鑑定士を――

「いい加減になさぁい！」

「――っ⁉　ごふっ……！」

一瞬、何が起こったのか理解できませんでした。

鋭い痛みが腹に走ったかと思うと、わたくしの体は壁に激突します。

か、体中がバラバラになったみたいに痛い、特にお腹が。えっ？　お腹？

えっ？　そ、そんな、そんな馬鹿な。なんで、わたくしのお腹がこんなことになるのでしょうか。

「レナの腹が急に縮んで」

「ど、どういうことだ？　まさか、赤ん坊が流れ――」

「いいえ、そんな様子ではありません。まるで風船が萎《しぼ》んだみたいな」

わ、わたくしのお腹が手術前の状態に戻ってしまっている？

そ、そんな馬鹿なことって、あるのですか。

カイン、これは一体どういうことです？　どうして、わたくしのお腹が元に戻ってしまったのですか。説明をなさい。

「か、カイン？　ま、まさか、逃げ出したの？」

気づけば、すでにカインはどこかに行ってしまっていました。わたくしを置いて一人で逃亡するとはなんて人なのでしょう。この状況はとてもまずいです。体も痛くて動きませんし。

どうしましょう。この状況は非常にまずいです。

「はぁ、はぁ、治癒魔法の応用と手術で妊娠を偽装してたみたいねぇ。馬鹿な子……、そんなことをして人の愛情を買おうとしたのかしらぁ」

「妊娠が偽装だと⁉　おいレナ！　これは一体どういうことだ‼」

「ぐぐっ、ファルマン様、く、苦しいです」

ファルマン様は力任せに私の胸倉を掴んでグラグラと揺らします。

こ、この人は真実の愛があるとか言ってたくせに、わたくしにこんな風に暴力を振るうなんて！

い、息ができません。このままわたくしを殺してしまう気でしょうか。

「そんな、この女が妊娠したと言ったからワシは結婚を許したというのに」

「ベルモンド家始まって以来の汚点です。エルクトン侯爵には責任を取ってもらいませんと」

このままじゃお父様にもバレて、わたくしは勘当されてしまいます。

そもそも、お姉様がこんな種なしクソ野郎と結婚などしなかったら、こんなことにならなかったでしょうに。

憎いです。わたくしをこの状況に追いこんだエレシアお姉様が憎くて仕方ありません。

全部、全部、わたくしの人生が上手くいかないのはお姉様のせいじゃないですか。

「そっちの家の問題は、どうでもいいですけどぉ。宮廷鑑定士に手を出したのはぁ普通に国際問題ですからねぇ。そっちの小娘の身柄は憲兵隊に引き渡しますよぉ」

「——っ⁉」

「私のことを誰だと思ってるんですかぁ？　アーツブルグ王室御用達《ごようたし》の宮廷鑑定士ですよぉ。貴族様といえどもぉ、王室に弓を引くのと同じ行為が許されるはずないじゃあないですかぁ」

イリーナはアーツブルグ王室との関係が強いことを主張して、わたくしを憲兵隊に引き渡すと主張します。

まさか、たったあれだけのことでわたくしを牢獄に入れようとでも？

この女、平民のクセにわたくしを犯罪者扱いするつもりですか。

「ファルマン様、お助けください。これは何かの間違いなんです。話し合えば分かってもらえると——ふぎっ！」

「僕に触るなァ！　この売女《ばいた》がァァァァ‼」

ファルマン様はわたくしの頬を思いきり殴りました。女に手を上げるような男だとは思ってませんでしたのに。体中が痛くて、顔に怪我までして、どうしてわたくしがこんな目に遭わなくてはならないのでしょう。

「イリーナ殿、こんなゴミみたいな女など好きにしてくれ。憲兵隊にでもなんでも預けてもらって結構だ」

「ベルモンド家の歴史から消してもらいたい。あとの処理はエルクトン侯爵に任せるとしよう」

「はぁ、せっかくの旅行が台無しになりましたね……」

ちょ、ちょっと。わたくしが投獄されるのも仕方ないみたいな空気やめてください。

なんで、わたくしが捕まることを甘受してるのですか？

意味が分かりません。ここで捕まったら、わたくしはエレシアお姉様よりもずっと不幸じゃないですか。

そんなの、そんなの、絶対に認めません。

「嫌ァァァァァァ!!」

気づけば、わたくしは叫びながら走り出していました。

お金も何も持っていません。知らない国で、どうすればいいのかも分からないまま、わたくしは走り、逃げました。

わたくしがアーツブルグ王国内でお尋ね者になったのはそれからすぐのことです。

どうして、こんなに惨《みじ》めなことに。こんな人生、望んではいなかったのに。

◆

「……あり得ないですよ。このわたくしがなんでこんなに惨《みじ》めな生活を強いられなきゃいけないのですか？」

「感謝してください。僕が万が一の時のために用意していた麻酔用の薬品で見張りの兵士を眠らせてなければ、すぐに取り押さえられて、今ごろ監獄の中ですよ」

「うるさいです。あなたの偽装妊娠手術が下手くそなのが原因じゃないですか……！」

「随分な言い草ですね。そもそも宮廷鑑定士に会うなどという重要なことを黙ってたあなたに非があるでしょう。しかも、旦那が種なしだなんて」

本当に最ッ悪の状況ですよ。

無我夢中で逃げて、追手が来ないことを不思議に思ったころにカインに捕まって……そこからアーツブルグ王国のお尋ね者として、姿を隠して生活をする羽目になるなんて。

昨日からパンを一欠片しか食べてないので、お腹は極限まで空いています。

お金もなければ、逃げ道もない。こんな物乞いみたいな生活、耐えられません。

「知ってますか？　あなたのご家族がどうなったのか」

「あいつらがどうなったのかなんて、知ったことじゃありません。別荘でも買いに行ったんじゃないですか？」

「いいえ。ベルモンド公爵家の方々は皆、アーツブルグ王国の憲兵隊に拘束されましたよ。親族であるあなたが逃げ出しましたから、連れてきた彼らに責任が及ぶみたいです」

「へぇ、そうなのですね。それがどうかしましたか？」

「原因はあなたにあるのに、そのふてぶてしい態度……逆に尊敬しますよ。それくらいの図太さがあれば、この先も生きることくらいはできますでしょう」

あのボンクラと口うるさい義両親が憲兵隊に捕まって拘束ですか。

いいザマですね。わたくしをドン底まで突き落とした元凶なのですから、不幸になって当然です。

わたくしは逃げきってみせます。捕まってなどなるものですか。

「……で、いつになったらわたくしは家に帰ることができるのですか？　早く家に帰ってこんな生活から解放されたいのですが」

「馬鹿な人ですねぇ。あなた、自分のやらかしたことに気づいていますか？　戻れるはずがないじゃないですか。あなたはお尋ね者。その事実はアーツブルグ王国を出国しても変わりませんよ。あなたのお父様にも話が伝わっているに決まっていますし、クルトナ王国もあなたを守ったりしません」

はぁ……？　じゃあ、わたくしはこのまま惨《みじ》めな逃亡生活を続けなくてはならないということですか？

そんな馬鹿なこと、あり得ません。お父様も国もわたくしを守ってくださらないだなんて。

エレシアお姉様からすべてを奪って幸せになるつもりでしたのに、こんなことなら最初から——

「だから言ったじゃないですか、身の丈に合わない欲望は身を滅ぼすって。あなた、満足するべきだったんですよ。未来の公爵夫人というポジションで。とばっちりを受けた僕の身にもなってください。偽装妊娠を施したのが僕だとバレたら、顔も名前も商売をする場所も変えなくてはならないのですから。クルトナ王国に隠した財産、どうやって回収しようかなぁ……」

そう。この男は自分に整形手術を施して顔を変えようとしています。

今度はこの国で闇医者としての商売をするために。

それにしても、カインはどうしてわたくしを助けたりしたのでしょう。この自己中心的な男にはわたくしへの情などありはしないはずですが。

「さて、あなたにもそろそろ働いていただきますよ。僕の表の顔のツテで、とある方に会う約束をようやく取りつけました。あの方なら、あなたのことを利用してくれるはずです」

「あの方？　それって誰よ？」

「あなたよりもあなたのお姉様を消したいと考えている人ですよ。ライオネル殿下の名前はご存じでしょう？」

第二王子のライオネル殿下ですか。たしか、彼は既婚者でしたね。

妻と別れてわたくしをものにしたいというなら会ってあげてもいいのですが。あまり興味がそそられません。

カインがわたくしを彼に会わせたい理由はなんでしょう。

「なぜ、ライオネル殿下がお姉様を消したいと思っているのですか？」

「詳しくは知りませんが、ライオネル殿下がエレシアさんを消すことに成功したら、彼は次期国王になれるみたいですよ」

意味が分からないです。どうして、エレシアお姉様を消したらライオネル殿下が国王になれるのでしょう。

まぁ、どうでもいいですか。そんなことは。

せいぜい恩を高く売って、この生活から脱却してみせます。

それが叶わなかったとしたら、いっそのこと、お姉様と一緒に地獄へ落ちるのも悪くありません。

あの人だけ、幸せになるなど許してはならないのですから――

◇第三章『逆転の兆し』

「やはり、これしかないか。このまま鬼ごっこを続けてもジリ貧になるのは目に見えているからな」

レオン様は地図を片手に思い詰めたような表情をしていた。

この別荘に着いてすでに十日が過ぎており、ライオネル殿下の追手も近くを捜索していると聞いている。

ここから逃げる方法を考えているのだろうか。

「レオン様、何をお考えですか？」

「いや、なに。アンネリーゼに言われてここまで逃げてきたが、このまま逃亡生活を続けても埒《らち》があかないと考えてな。この状況を打破する方法を考えていたのだ」

どうやら逃げる方法ではないみたい。たしかにずっとここに留まっていたら、見つかるリスクは高まる。

レオン様はもう一つ潜伏場所があるとは言っていたが、そこもいつまで隠れていられるか分からないし、そもそもいつかは王都に戻る必要がある。

もはやそれは先延ばしにできない問題なのだ。

「やはりアンネリーゼにかけられた催眠術をどうにかして解かなくてはならない。後々面倒なことになるだろうから、その前に何とか彼女を正常な状態に戻したい」

「そんなことできるんですか？　いえ、できないからこそ逃亡することを選択されたはずでは……？」

王都を離れたのはアンネリーゼさんから逃げるという意味も含んでいたはず。彼女は操られていて、人質まで取られているから私への攻撃はやめられない。

どうにもできないからこそ、ギリギリまで追手から逃げようと決断をしたのだ。

「イリーナ殿の力を借りる、そう覚悟したのですね？」

「そのとおりだ、リック。イリーナならアンネリーゼの催眠状態の解き方が分かるだろう。あの人はかなり高齢だから巻きこむのは躊躇《ちゅうちょ》するが……。それしか方法が思いつかなかったのだ」

「彼女はレオン殿下を孫のように可愛がっていらっしゃいます。きっと頼られることを望んでおられるでしょう」

なるほど、イリーナさんか。たしかに彼女の鑑定眼ならその方法が分かるかも。

でも、それでも、大きな問題がある。そう、根本的な問題が。

「ですが、レオン様……どうやって王都に戻るのですか？　イリーナさんの力を借りるにしても王都に戻れないのでは……」

「分かっている。そのために考えたのが、このルートだ」

「レオン殿下、それはもしや我が国の聖地、ゼルバトス神山《しんざん》への道のりでは？」

「ゼルバトス神山ですか？」

リックさんが、レオン様が示した地図上の印を見て、聞き慣れない言葉を口にした。

ここから逃げるために山に向かう？　神山と言うからには何かが祀られている、とか？　……まさか、神様に会いに行くとか言い始めるのでは。

「我が国の守り神とされる『守護聖獣』を祀っている山ですよ。エレシア様」

守護聖獣ですか。その名前は聞いたことがある。

アーツブルグ王国は聖獣の守護によって国家の安寧《あんねい》を保ってきたといわれている。クルトナ王国との戦争も、その聖獣の力を巡っての争いだったとも。

でもクルトナ王国では、敵国の聖獣など一種のタブーのように扱われていたから、私は聖獣の力がどのようなものなのか知らない。

「ゼルバトス神山には四体いる守護聖獣のうちの一体、聖竜《セイントドラゴン》が棲んでいる。まさかとは思うが、ドラゴンに乗って王都に帰ろうなどと考えているのではないだろうな」

「ターニャ、お前の言うとおりだ。空の上からなら最も安全に王都に戻ることができるからな」

何と、レオン様はドラゴンに乗って王都に戻るという大胆な計画を提案した。

えーっと……それって大丈夫なのだろうか。聖獣をそう簡単に乗りこなせるものとは思えないけど。

聖獣についての知識はまるでない私だけど、それくらいは何となく分かる。

レオン様の提案は、にわかに現実味のない物語に思えてきた。

「守護聖獣とアーツブルグ王家は契約を交わしていてな。王族直系の血を引く者はその血をもってして、生涯で一度だけ守護聖獣を従えることができる。その期間はたったの三日間と短いが……王都に戻るだけなら問題あるまい」

「し、しかし、恐れながら殿下。生涯で一度きりの血の契約を王都に戻る目的だけに使うのは、いかがなものかと。陛下の怒りを買うやもしれませんぞ」

生涯で一度きりの血の契約――たしかに一度しか使えない大きな力を、王都に戻ることだけに使っていいものかと思ってしまう。

クルトナ王国との戦争時代に守護聖獣が活躍したという話は聞いたことがあったけど、

アーツブルグ王国の王族にそんな力があったなんて知らなかった。

あの戦争では、前の時代の王族たちが守護聖獣を駆使したということだろうか。

「父上のお叱りなら受けるつもりだ。ライオネル兄様がこちらに辿り着くスピードは思ったよりも速い。エドワード兄様が手を抜いていると考えていいくらいに。エドワード兄様の援助が期待できない以上、それに対抗する手段はこれしかない」

ライオネル殿下が私たちを発見するのも時間の問題だ。それは間違いない。

ヒースクリフさんからの情報によると、エドワード殿下は特にライオネル殿下の妨害をしている訳ではないらしい。

やはりエドワード殿下はこの賭けにおいて手を抜いている。あの時、懸念していたことが現実になってしまった。だとすると、この別荘にいられる時間も少なくなってきているのかもしれない。

「おおよそ、王族として正しい判断をしているとは思えんな」

「ターニャさん……」

「だが、エレシア様を守るため、と考えれば悪くない判断だ。山登りは疲れるから気が進まないが」

ターニャさんはレオン様の提案に頷《うなず》く。

しかし、私を守るためだけに聖獣を使役するなんて本当にいいのだろうか。

私が反対しなくては。私のために無茶をするのはやめてほしいと。

だって、そうではないか。このままだとレオン様はただ一度のみしか振るえない大事な力を使うことになってしまうのだから。

「あ、あの、レオン様……」

「エレシア様、汲んであげてください。レオン様の意向を」

「で、でも……！」

私が口を開くとリックさんがそれを制した。

レオン様の意向を汲む。そうすることで彼の将来に傷がつくとしたら。

それを考えると、やはり口を挟まずにはいられなくなる。

「エレシア、こうは考えられないか？　たしかに通常ならばライオネル兄様が私を害そうなどと考えないだろう。だが、いざとなれば賭けに勝つために私を殺そうと強行手段に出るかもしれん。私が死ねば結婚はできないのだからな。そうなれば、結局その一回すら使えず終いだ。出し惜しみをした挙げ句、死んでしまったらそれこそ馬鹿げた話になるではないか」

レオン様は私に視線を向けた。

それはたしかに正論かもしれないけど……

彼のその決意を固めたと見える凛々しい表情を見て、私は反論することをやめた。

もしこの方が自ら下した決断で何かしらの不利な状況に見舞われたとしたら、その時は私が全力で支えればいい。

支え合うと決めたのだから、当然の決意である。

◆

「ゼルバトス神山ですか。分かりました。このヒースクリフもお供しましょう。もう一つの別荘の鍵はこちらです。狭いですが、食料品などの蓄えは十分にありますので、中継地点にはもってこいです」

私たちは行商人の格好をして出発することとなった。

王都に戻る日にちとゼルバトス神山への到着時刻を計算すると、しばらくの間はもう一つの隠れ家に潜伏しなくてはならない。

だから、私たちはなるべく目立たずに行動する必要がある。

ヒースクリフさんが手配してくれたカモフラージュ用の衣装は完璧。どこからどう見ても行商人にしか見えない。

レオン様から話を聞いた彼は、ここに来た日と同様に、ドンと胸を叩き同行すると言ってくれた。

そして、出発の日。

私たちは屋敷の外で馬車に荷物を運んでいた。食料や衣料品、その他にも必要なものをドンドン積んでいく。そんな中、聞き覚えのある声が聞こえてきた。

まさか、こんな偶然ってあり得るのだろうか。

「まったく、出国が許されない上に監視付きとはどういうことだ」

「金を積んでもレナが見つからんとなると、ベルモンド家が責任を負わんとならん。とんでもない嫁をもらいおって」

「どの別荘も貧相ですね。せめてあれぐらいの大きさは欲しいものです」

「では、あの別荘を買い取ろう。おい、そこの商人ども!!」

聞こえてきたのは元夫と元義両親の声だった。

なんで、ここにいるのだろう。旅行しに来たとかそういうこと？　こんな巡り合わせがあるなんて信じられない。

それに彼らは聞き捨てならないことを言っていた。レナが見つからない、と。

ベルモンド家が責任を負うとか不穏なことも言っていたけれど、一体彼女に何が起きたというのだろうか。

思わぬ来客に私の思考は停止寸前だった。

「おい、そこの商人たち！　そこの屋敷はお前たちのものか？　僕らはクルトナ王国の大貴族、ベルモンド公爵家の者だ。その屋敷を買ってやろうと思うのだが、いくらだ？」

ファルマンが私たちに声をかける。

カツラをつけて変装をしており、格好も商人風のものを身につけているので、私には気づいていないみたい。

それなりの年月を夫婦として過ごしたのだが、分からないものだろうか。

いや、今はそれが幸運だったと思おう。とにかく、私であることがバレるのだけは避けなくては。

しかし、クルトナ王国からアーツブルグ王国の辺境までわざわざ何をするために来たのだろうか。

別荘を買いたいとはいきなりすぎる。たしかにこの辺りは他国の貴族たちが別荘を買うことが多いと聞いていたが。

「あー、この屋敷は売り物ではございませんので、申し訳ございませんが、他をあたってください。貴族様……」

ヒースクリフさんがファルマンの申し出を断る。

当然だ。この屋敷はアーツブルグ王家の所有物。

国王陛下の許しを得たならまだしも、誰かに売るなど許されるはずがない。

でも昔からファルマンは平民を過剰に見下していた。ヒースクリフさんに反発するような気がしてならない。以前婚姻関係にあった私が何度もそういった発言をやめるように言ったのに。

「はっはっは。まさか薄汚い商人風情《ふぜい》が僕の申し出を断ると思わなかったよ。勘違いするな。僕たちはここが気に入ったんだ。お前たちはさっさと金を受け取って立ち退く準備をすれば良い」

ファルマンは高笑いしながら、金貨の入った袋をヒースクリフさんに手渡そうとする。

彼の目は濁っていた。いくら自分の要望が通らなかったとはいえ、平民にそのような高圧的な態度を取るなんて。

反発することは読めていたけど、思ったよりも酷い口ぶりだったので、私は呆れてしまっていた。

「お断りします。どうかお引き取りを」

しかし、ヒースクリフさんはファルマンの脅しに屈するような方ではない。

表情一つ変えずに低い声で追い返そうとする。

これがファルマンの自尊心を傷つけたのか、彼は怒りに打ち震えてヒースクリフさんの胸倉を掴んだ。

明らかに暴力を振るおうとする寸前だ。私が止めるべきだろうか。

「貴族に対してそういう態度は褒められんな。田舎者には分からんかもしれんが、ベルモンド公爵家は代々クルトナ王族と懇意にしている名門貴族で――」

「現在はレナ・ベルモンドが宮廷鑑定士に暴力沙汰を起こした一件で、彼女が捕まるまで監視中の身でしたなぁ。騒ぎを起こすと、監獄に逆戻りですぞ。ファルマン・ベルモンド殿」

「うぐっ……」

「れ、レナが？　レナが暴力沙汰ですって⁉」

しまった。なんてことだ。声を出してしまうなんて。でも、ファルマンが凄んだ瞬間に、ヒースクリフさんが「レナがイリーナさんに暴力を振るった」なんて言ったから。

ファルマンや元義両親は私の声を聞いてこちらを向き、目をまん丸に見開いた。

――ああ、迂闊すぎる。こんなことで足を引っ張ってしまうなんて‼

「そ、その声はエレシア!?　なぜ、そんな格好でこんなところに!?　お前は第三王子と婚約したと聞いていたが」

「エレシアだと？　お前が使えない嫁だったからワシらの家は、滅茶苦茶だ！　馬鹿妹をよくも押しつけよったな！」

「まったくです！　アーツブルグ王家と懇意にしているのなら、責任を取って監視を解除させなさい！」

　ファルマンの声を皮切りに、義両親たちは私に詰め寄ってきた。

　レナがこちらで騒ぎを起こして逃走中とは、どんな状況なのか。

　彼らはレナの犯したことの責任を取らされて監視がついている上に出国を許されていないと言っていたけど。

「まずいな、エレシア様がここにいるとバレてしまった。ヒースクリフめ」

「も、申し訳ございません。レナ・ベルモンドがエレシア様の妹君であったことを失念しておりました！」

「いえ、不用意に声を出した私の責任です」

　ファルマンたちが声を上げたので、私やレオン様がここにいることが監視の兵士たちの知るところになってしまったようだ。

後ろで控えて様子を見ていた五人の兵士たちがこちらに寄ってくる。

とにかく、退けなければならない。私は久しぶりに魔法を使おうと手に魔力を集中させた。

「変装しているが、よく見ればレオン殿下だ！　は、早くライオネル殿下に報告せねば！」

「しかし、監視の業務は……」

「レオン殿下の捜索を優先するように言われているだろう！」

ライオネル殿下の追手と思しき兵士たちがこちらに向かってくる。

軽薄な行動をした自分が恨めしい。

でも、ここで自分の演じた失態を取り返す。ええーっと、突風を生じる魔法はたしか——と慌てる頭をどうにかして動かそうとした時。

「仕方ない、リックいくぞ……」

「ふむ。なるべく同僚たちに手荒な真似はしたくなかったが」

「「——っ⁉」」

一瞬、そう、一瞬の出来事でした。

ターニャさんが宙を舞い上がったかと思えば、手刀で二人の兵士を昏倒させ、リックさんはその丸太のように太い腕を振りかぶり、さらに二人の兵士を一気に殴り飛ばして気絶させた。

レオン様の懐刀と言われた二人は、やはりとんでもない技量を持つ達人だった。

「この女を消せとライオネル殿下は仰《おっしゃ》っていた。刺し違えてでも、殺してやる！」

「風よ、すべてを穿《うが》ちなさい！」

私もそれに参加して、自分たちの身を守ろうと、右手を残りの兵士に向けた。右手から生じるのは圧縮された空気の塊。

兵士は私をナイフで突き刺そうとしたが、その手はこちらに届かず。

はるか彼方《かなた》まで吹き飛ばされてしまった。あれ？　あんなに遠くまで飛んでいってしまうなんて、どういうことだろう。

「こ、こいつら、何者だ……。エレシア、お前は一体」

その様子を驚愕した表情で見ていたファルマンと元義両親。

彼らにしてみれば、自分たちの見張りが突然襲われたようにしか見えないだろうし、仕方ないだろう。

特に私が魔法で兵士を見えなくなるくらい遠くまで飛ばしてしまったのには、びっくりしているみたい。

「……レオン殿下。この隣国の大貴族様とやらはどうする？　口を封じるか？」

「ひぃっ！」

ターニャさんにひと睨《にら》みされたファルマンは、腰を抜かしてヘナヘナとその場に座りこんで、さらに失禁までしてしまった。

よほど、怖かったのだろう。腰が抜けて立てなくなっている。

ライオネル殿下にすぐに私たちのことが知られる事態は回避できたが、この騒ぎを隠しとおすことはできないだろう。

そう考えたところで一気に緊迫感が押し寄せてきた。早くこの場から離れなければならない。

「え、え、エレシア！　お、お前、何をボサッと見ている！　こ、こいつらを止めろよ！　僕が殺されてもいいのか⁉　別れたとはいえ、夫婦だったんだぞ！」

ファルマンは金切り声を上げながら私に助けを求める。

彼への情が残っている訳ではないが、殺されるとなるとさすがに後味が悪い。このまま口封じするのはやりすぎのような気がする。

「こいつがエレシア様の元旦那か。妻の妹と寝るとは、クルトナの貴族とやらは恥というものを知らないらしいな」

「うむ。そんな仕打ちをしておきながら、捨てた元妻に助けを乞う。見苦しいとは、このような状況のことを言うのですな」

ターニャさんとリックさんは呆れたような視線をファルマンに向けた。

彼と結婚していた時には、こんなにも彼の卑屈な顔を見たことがない。いつも自信に満ち溢《あふ》れていたし。

今の状況がよほど不安なのだろう。彼の体は震えていて、死の恐怖を感じているようだ。

しかし、見下していた平民に侮辱《ぶじょく》されて黙っているファルマンではなかった。

「貴様ら、クルトナの名門であるベルモンド公爵家を愚弄《ぐろう》しおって！　覚えていろ！　公爵家の威信をかけて、貴様らに鉄槌を下してやるからな！」

顔は引きつり、足は震えながらも、ターニャさんとリックさんに対して怒りの言葉を浴びせる。

思えば、彼は一番面子《めんつ》というものを大事にしている男だったかもしれない。

彼の目つきは憎悪に燃えており、この状況にとにかく立腹していたのだ。

「ふーん、じゃあ殺すか。目撃者がいないのなら、賊に殺《や》られたように見せかけることくらい容易《たやす》い。証拠を残すようなヘマはしない」

「そもそもベルモンド公爵家が隣国で事件を起こさなければ、こんなことにはなりませんでしたからな。クルトナ王家もうるさく言うことはないでしょう」

「うぴゃあっ⁉　え、エレシア、助けて。助けてくれ！」

ターニャさんは懐からナイフを、リックさんは腰のサーベルを抜いて、ファルマンに一歩近づく。ファルマンはその殺気に当てられて、泣きそうな顔で足を引きずりながら、後退《あとずさ》りした。

そうだ。私が止めないと。二人は本気かもしれないし。

「ターニャ、リック、待つのだ。ベルモンド公爵家一行を殺してもエレシアは喜びはせん」

「レオン殿下……」

私が口を開こうとした時、レオン様がターニャさんとリックさんを制した。

彼もまた、ファルマンたちを殺すことをよしとはしていないみたいだ。

良かった、彼らが殺されなくて。レオン様も私の気持ちを汲んでくれたのだろうか。

「おおっ！　レオン殿下ですか、話を分かってくれて助かります」

「これは、これは、レオン殿下。ベルモンド家の家長です。この度は我が息子が粗相を。エレシアとは少し前まで義理の父娘同士でしてなぁ。誤解をされているかもしれませぬが、息子と彼女は円満に離縁しましたゆえ、何卒《なにとぞ》寛大な処置を――」

レオン様がファルマンたちを殺さないように命令するや否や、元義理の父親であったベルモンド公爵がファルマンを押し退けて挨拶をする。

彼は笑顔を作って、レオン様に握手を求める。しかし、レオン様はそれに応えることはしなかった。

「勘違いするな。ベルモンド公爵家の長男の嫁であるレナ・ベルモンドが宮廷鑑定士に暴行を働いたという事実を消すつもりはない。私も宮廷鑑定士には世話になっているからな。お前たちをここで見張りの兵士たちと共に拘束させてもらう。心配するな……一日もすれば、救出されるだろう」

レオン様はリックさんが大木に縛りつけた兵士たちを指さして、ファルマンたちも同様に拘束すると告げた。

すると、彼らの顔色はみるみる青くなっていく。

それはそうだ。公爵家の人間が晴天の下で縛られて放置されるという囚人以下の扱いを受けるなど、本来ならあり得ないのだから。

「こ、ここに拘束、ですか？」

「馬鹿なことを仰《おっしゃ》らないでください。食べものは？　水は？」

「そんな理不尽な仕打ちが許されるものか！」

「理不尽か。エレシアもそう言ったのだろうな。何もしていないにもかかわらず、悪者にされて、心を踏みにじられたのだからな！」

低く通った声でレオン様はそう冷たく言い放った。

それを聞いたファルマンと元義両親は途端に迫力が薄れて、ブツブツと何やら呟いていたが、ターニャさんによって別の大木に縄で縛り上げられて、拘束されてしまう。

そして目隠しをされて、手足もきっちりと縄で縛られた。

これでは身動きするのは無理だろう。誰かに助けてもらえるまでは。

「エレシア……！　僕のことを愛してくれていたのではないのか⁉　その若い王子に乗り換えたら、僕のことなどどうでもいいのか⁉」

馬車を出そうとした寸前に、ファルマンはそんな捨てゼリフを吐く。

考えてみると……それはそうかもしれない。もうあなたへの愛は残っていないのだから。

だが、一つだけ間違っている……

「ファルマン……様。あなたが私の妹と〝真実の愛〟とやらを育んでいると告げた時、私の心に穴が空いてしまいました。一度穴が空いてしまったら、いくら愛情を注いでも中には何も残りません。あなたへの愛はたしかにありましたが、その時にすべて流されてしまったのです」

——さようなら、私が最初に愛した人。

できることなら、もう二度と会いたくない。

私は未来に向かって足を踏み出すから。どうか、あなたも前を向いて未来を受け入れて。私は心の中でファルマンに別れを告げた。

ファルマンと元義両親のもとから去った私たちは、馬車に乗り目的のゼルバトス神山へと向かっていた。

「それにしてもエレシア。以前に見た時よりも随分と強力な魔法を使えるようになったのだな。兵士がはるか遠くまで飛ばされたから、びっくりしてしまった」

馬車の中で談笑をしていたレオン様は、さきほど私が放った風魔法の威力に驚いているようだった。

それは私も同じ感想だった。久しぶりに使った魔法があんなに強力だとは思わなかった。

だから、私も不思議に思っていたのである。

もともと厳しい訓練を積んでいるとはいえ、私は残念ながら強大な魔法を使える訳ではない。それこそ人一人をゆうに吹き飛ばすようなものなど。

「あの変態聖女に魔力を分けてもらったからだろう」

「アンネリーゼ様と呼ばんか！　馬鹿者！」

「リックにも通じているのなら問題あるまい」

そういえばあの時、アンネリーゼさんが私の手を握って魔力を渡してくれたような。

だからこんなに強い魔法が使えるようになっていたのか。

さすがは聖女。他人の魔法の力をパワーアップさせることができるなんて。

「なるほど、アンネリーゼがエレシアを助けてくれたのか」

「まぁ、あの程度の敵なら私が倒しても良かったのだがな。エレシア様も現時点でのご自身の魔法の威力を知っておいたほうがいいと思ったのだ」

ターニャさん、そこまで見抜いていて……

鑑定眼を使いこなす彼女はやっぱり頼りになる。

この魔法の力があれば私も足を引っ張らずにいられるかも。自信が出てきた。

そんな会話をしながら、馬車はどんどん別荘地から離れていく。でも、これって……

「あの、ヒースクリフさん。方向が逆ではないでしょうか？　昨日のお話では、西に進むということでしたが」

ノイエルドの別荘から馬車が出発しておよそ十分ほど経った時、私は進行方向が昨日教えてもらった方向と逆であることを指摘した。

最初から変だとは思っていたのだが、改めて地図を確かめて口に出した。

「ええ、そのとおりです。エレシア様。ベルモンド家の方々に我々の出発を知られてしまいましたから。敢えて逆方向に馬車を出して回り道をすることにしました。あまり効果はないかもしれませんが、ライオネル殿下の追手の捜索を分散させることくらいはできるでしょう」

「なるほど」

たしかにファルマンたちに目隠しをしたとはいえ、馬車の進行方向くらいは音で察しがつくかもしれない。

追手がどのくらいの人数でやってきているのか知らないが、知らないからこそ慎重になりすぎるくらいでちょうどいいのだろう。私はヒースクリフさんの思慮深さに感心した。

「あの、もう一ついいですか？」

「ええ。分かっております。妹君のレナ・ベルモンドのお話ですね」

「はい。レナがイリーナさんに暴力を振るったという話を詳しく教えてください。彼女が逃亡中ということも含めて」

そう。私の胸をずっとざわつかせていたのはレナのこと。

彼女がイリーナさんに暴力を振るう理由がまず分からない。

この国に来ていたことだけでも驚いているのに、その上、騒ぎを起こして逃走中とは。

私も逃走中だけど、彼女の場合とは訳が違う。

「レナ・ベルモンドを含めて、ベルモンド家の面々はアーツブルグ王国に旅行に来ていたらしいのです。宮廷鑑定士イリーナは基本的に王族しか診《み》ませんが、多額の依頼料を払えば鑑定を依頼することができます。ベルモンド公爵もその口でした」

それからヒースクリフさんは、ベルモンド家とイリーナさんの間に何があったのか話してくれた。

イリーナさんは鑑定を拒否したレナ以外のベルモンド家の方々を順々に診《み》ていき、最後にファルマンを鑑定した。

そして、彼女の鑑定によって、何とファルマンが子供を作れない体質だということが判明したのである。

つまり、レナのお腹にいる子供は、ファルマンの子ではないことが確定したのだ。

「それでは、レナは他の男性の子供を身籠《みごも》ったということですよね。一体、誰の子供を」

私とファルマンの間に子供ができなかった理由は彼にあった……だが、その話はこの際どうでもいい。当然、気になったのはレナの妊娠である。

なんせ、私がファルマンと離縁した一番の理由は、レナがベルモンド家の跡取りになるかもしれない子を宿したからなのだから。

それが判明して元義両親との関係も急激に悪くなったのだし。

そして、ファルマンとの子供ではないということは、当然、他の男性との子供ということになる。

だが、その考えはすぐに打ち砕かれた。

「いいえ、彼女は妊娠などしていませんでした。偽装妊娠手術、イリーナによれば、レナ・ベルモンドの体には治癒術式を応用して腹を大きく見せる手術をした形跡があったとか」

「ぎ、偽装妊娠？　あの子は妊娠すらしていなかった⁉　そ、そんな、そんなことってあるのでしょうか」

なんだか頭が痛くなってきた。想像を絶することが起こったのだから。

私の前で幸せそうな顔をしてお腹を撫でていた彼女が、すべてを嘘で塗り固めた上で私から夫を奪ったなんて。

まさか、あの子がそこまでして私の結婚生活を台無しにしようと考えていたなんて。どう考えても理解できない。レナの執念に寒気がした。

「手術を施したのは、おそらく彼女の主治医であるドクター・カイン。レナはイリーナの鑑定結果から嘘がバレることを恐れて、彼女の首を絞めて逃走しました。その時、カインは麻酔用の薬品を使って見張りの兵士たちを眠らせて、彼女の逃亡を手助けしています。この二人は共にいると考えて良いでしょう」

あのクルトナの名医として名高いドクター・カインがそんな手術をしていたとは。宮廷鑑定士に手を出したということは、アーツブルグ王室に喧嘩を売ったも同然だ。彼女の家族であるベルモンド家が監視付きで自由を奪われたのも当たり前である。それに、私の実家であるエルクトン家もただでは済まないだろう。

「すまんな、エレシア。以前に調査をした時に、レナの主治医のきな臭い噂は掴んでいたのだ。だが、いかんせん用心深い男で証拠を得ることができなかった。それでも、アーツブルグ王国に来るあなたに迷惑はかけぬだろうと高をくっていた。このような事態になると想定できなかったことを詫びよう」

「そんな。私の身内の不始末ですので、私が謝らなくてはならないことです。レオン様が謝る必要はありません」

以前アーツブルグ王国に向かう馬車の中で、レオン様がレナは何か闇を隠していると言っていたが、このことだったのか。

私の妹がアーツブルグ王家に多大な迷惑をかけた。身内として私も責任を取らなくてはならないだろう。

「私のレオン様の婚約者としての立場も、危ういところまできているかもしれないですね」

「何を言うか。すでにレナはベルモンド家の人間だ。エルクトン家に責任はないだろう。少なくとも、この国ではな。クルトナ王国の事情は分からんが、どちらにせよ私とあなたが婚姻すれば、あなたは契約どおりエルクトン家と縁が切れる。向こうの国で責任を負うとしたら、あなたの父上になるだろうな」

まさか私のお父様が保身のために結んだ契約が、彼自身の首を絞めるかもしれない事態を呼ぶなんて。

しかし、私には責任が及ばないとはいえ、自分の妹がここまでのことをしでかしたという事実は重い。

彼女は未だにアーツブルグ王国内に潜んでいる。

これ以上彼女が罪を犯さないことを、私は切に願っていた。

◆

「ライオネル兄様がどんな人なのか、だって?」

「はい。手段を選ばぬ方というお話は聞いておりましたが、その人となりが気になりまして」

ノイエルドの別荘から回り道をしつつ、目的地であるゼルバトス神山を目指す馬車の中で、私はライオネル殿下についてレオン様に問いかけた。

ファルマンたちと揉めた一件もあり、遅くとも明日には私たちがノイエルドにいたことは知られてしまう。

ゼルバトス神山への道中でライオネル殿下の追手に遭遇するかもしれない。だからこそ、私は指示を出している張本人について知っておくべきだと思い、この質問を投げかけたのだ。

「……ふむ。そうだな、一言で言うならば、自分こそが次期国王に相応《ふさわ》しいと絶対的な自信を持っている人物だ。私はもちろんのこと、兄であるエドワード兄様すら見下しているきらいがある。それを隠そうともしていないから、エドワード兄様とはよく対立していたものだ」

絶対的な自信。自分が優秀だと信じて疑わない心を持っているのは、基本的には良いことだ。

自信というものに根拠は不要である。しかし大抵の人間は手綱《たづな》を持っていて、それを制御しているのだ。

そうしないと、思わぬ障害に足を掬《すく》われることを本能的に知っているから。

神のようになんでもできると、すべてが自分の思いどおりになると、断言できる人間がこの世に何人いるだろうか。

ライオネル殿下が、もしもその絶対的な自信とやらを制御できなくなれば、大変なことになるのは目に見えている。

私は思った以上に厄介な相手につけ狙われているのかもしれない。

「目的を達成するために手段を選ばないということは、文字どおりの意味なのですね。どんな非人道的なことさえも躊躇《ちゅうちょ》はしない、と」

ライオネル殿下の人間性について、私はレオン様に細かく確認をする。

これほど、会ったこともない人物を畏怖するのは初めてである。

「王としての高い資質を示すために国民からの支持を気にはしているから、それが抑止力になっているがな。他国の人間に対してはタガが外れるかもしれん」

なるほど。一応は自分を律することもできる方なのか。それならば、少しくらいは交渉の余地があるかもしれない。と思いきや、他国の者には容赦がないのか。つまり私には情けはかけないということだ。

アンネリーゼさんはもしかして、そんなことも知っていたからこそ、私に魔力を渡したのかもしれない。

「つまり、他所者《よそもの》である私には情けをかけない可能性があるとレオン様は警告していらっしゃる、と」

「そうだな。私が逃げの一手を打った一番の理由がそこだ。エレシアにライオネル兄様が何をしようとするのか容易に予想がつく。そこが怖かった」

あの日、ライオネル殿下に家族を人質に取られたというアンネリーゼさんは、私の命を狙うような演技をして見せた。

ライオネル殿下が私を消せと指示していたのは明白である。

あのまま王都に留まっていれば、彼は間違いなく最優先に私の命を奪って、エドワード殿下とのゲームに終止符を打とうとしたに違いない。

「やはり戦う覚悟をしなくてはなりませんね」

「エレシア……？」

「いずれは王都に戻るのです。レオン様と幸せになるために、私は死ぬ訳にはいきませんから。だから、自分の身を守るために覚悟を決めなくては」

命を狙われていることはもちろん怖い。

悪意の刃が喉元を斬りつけようとしている、と想像するだけで身震いする。

けれど、だからといって震えたままでは今の状況を好転させることはできないのだ。

「無理しなくていい。エレシア様の命を守るのは私たちの仕事だ。ふわぁ……」

「ターニャの言うとおりだ。リックも含めて信じてやってくれ」

ターニャさんは眠たそうに目を擦《こす》りながら、私を守ると口にすると、レオン様もそれに同調した。

少しだけ力みすぎたかもしれない。

自分の身を守るという発言は、ターニャさんとリックさんの力を侮《あなど》っているように聞こえてしまっただろうから。

「失礼しました。ターニャさんのことも、リックさんのことも、信じていますよ。これからもよろしくお願いします」

「ん、ならいい。ふわぁ、寝る……」

「ターニャは照れているみたいだ。二人を信じてくれて私も嬉しい。なに、心配するな。聖竜の力を借りられれば、万事上手くいく」

少しだけ頬を赤くしたターニャさんは顔を背けて眠りにつき、レオン様は笑顔を向けて私の髪を撫でる。そして、軽く髪に口づけした。

聖竜の力を借りられれば、だなんて……話のスケールが大きくなりすぎて処理できなくなりそうだ。

でも、彼がそう言ってくれるのなら信じよう。

そう決心した私と彼らを乗せて、馬車は走り続ける。次の目的地を目指して……

◆

「殿下、エレシア様、そろそろ最初の目的地、ルナセイラに着きますぞ」

レオン様が用意していた二つ目の隠れ家があるという港町、ルナセイラ。

アーツブルグ王国の西端に位置するこの町は、海沿いにあり漁業が盛んである。

ライオネル殿下の追手に注意しつつ、こちらで必要な食料品などを十分に補給したあとに、然るべきタイミングでゼルバトス神山へと出発する予定だ。

だが、ノイエルドでの騒動でライオネル殿下の手が思った以上に早く回る可能性もある。

最低でも、三日……つまり七十二時間はこの町に滞在できるはずとヒースクリフさんは読んでいたが、さきほどのレオン様の話を聞いて、私は漠然と嫌な予感がしていた。

港町であるルナセイラに着いた私とレオン様は海岸沿いを歩く。自然と繋いだ手を握りしめて、寄り添いながら綺麗に青く輝く海を見つめていた。

「海って、美しいですね。書物で読んだことはありましたが、実際に見るのは初めてなのです。クルトナ王国には海がありませんから」

「そういえば、クルトナ王国は内陸国だったな。私も潮風を浴びるのは久しぶりだ。こんな時でなかったら、ひと泳ぎしたいところだ」

「まぁ、レオン様の泳ぐ姿が見られなくて残念です」

――なんて美しくて、雄大なんだろう。

満天の星空にも圧倒されたけど、海も同じくらい迫力がある。

しかし、前に星空を見た時はその壮大さから悩みを忘れられたが、今回はそうもいかなかった。

でも、こうしてレオン様の手を握っていると、不思議と気持ちが落ち着いてくる。

私は潮風に当たりながら、この一時の安らぎを大事にしたいと思っていた。

「今度は何の憂いもない時に見に来たいものだな」

「ええ、そうですね。その時はレオン様に水泳を習いたいと思います」

「構わないが、私は割と厳しいぞ。覚悟してくれ」

「それは楽しみです。鬼教官になった、レオン様も見てみたいですから」

「んー、そう返されるとは思わなかった。まったく、敵わないな。エレシアには」

彼を見遣ると、恥ずかしそうに笑っていた。そんなに変なことを言ったつもりはなかったんだけど。

長居することはできないし、追われていることもたしかなのだが、こうしてレオン様と思い出を作ることができるのは幸せだった。

「レオン殿下！　エレシア様！」

しばらくレオン様と海を見ていると、リックさんが血相を変えてこちらに向かって走ってきた。

これは只事ではなさそうだ。不測の事態が起こってしまったのかもしれない。

私たちの間に緊張が走る。

「はぁ、はぁ、レオン殿下、エレシア様……」

「どうした？　リック、大声で我々の名前を呼ぶとは軽率だぞ」

そのとおりだ。私たちがここにいると宣言するようなことをリックさんがするとは。よほど焦っているのだろうか。

そして、それだけ焦っているということは、やはり緊急事態が起こっているのだ。

「お、お、追手が、すでにこの町に。我々のことを嗅ぎまわっています」

「やはり……」

「随分と早いですね。私たちがこの町に着いて、まだ一時間も経っていませんのに」

信じたくないが、思ったとおりライオネル殿下の差し向けた追手がこの町に来ているみたいだった。先回りしていたと思えるくらいの早さだ。

まさか、ライオネル殿下はこの町に私たちが来ることを読んでいたとでもいうのだろうか。

これは予想していなかったけれど、とにかく冷静にならなくては。

「殿下、どうされますか？　我々がここに来るとライオネル殿下が予測していたとなると、逃げるのであれば急がなくては……」

リックさんも額の汗を拭いながらレオン様に決断を急がせる。

しかし、どうやってここに私たちがいることを知ったのだろう。それに、何らかの手段で私たちの行く先に先回りできるのであれば、ここに到着した時点でライオネル殿下の馬車が目に入りそうなものだけど、そうはならなかったのも不思議である。

分からない。ライオネル殿下がどんな手段を使ったのか。

「リック、落ち着け。追手の人数はたったの二十人程度だ。ここに来ることを知っていれば、すでに百人以上はこっちに来てるだろう。ヒースクリフが馬車を出す準備をしているが、これなら追手を片づけるほうが早そうだ」

灯台の天辺《てっぺん》から飛び下りて着地したターニャさんは、目に青い炎を灯しながら追手の人数を私たちに伝える。

に、二十人は少なくないと思うのだけれど。たしかに追手が百人以上となると逃げられる気がしないけど。

でも、私たちはたったの五人。多勢に無勢なのは間違いない。

「ふむ。二十人か。リック、ターニャ、任せられるか?」

「そ、それくらいでしたら、何とか」

「隠れて報告に行かれると面倒だが、私の眼からは逃れられない……」

「私も援護します」

リックさんとターニャさんはそれぞれ武器を片手に構えると、表情が一変した。

まるで獲物を狙う獣の瞳のような強い光を放っている。

そんな二人が怪我をしないように、私は身体強化魔法を施した。これなら、常人を超えた二人の戦闘能力がさらに上がるはず。

「おおっ！　以前もこの魔法には助けられましたが……うむ、これなら怖いものなしです！」

リックさんは力こぶを見せて朗らかに笑い、ターニャさんは無言で近くの建物の屋根の上へと跳躍する。

それから、間もなくしてヒースクリフさんが馬車を走らせる準備を終えたと報告しに来たころ、アーツブルグ王国の兵士たちとリックさんたちがぶつかったのだ。

◆

「ぐ、ぐはっ、おのれ、リックめ。騎士団を辞めて腑抜けになったと聞いていたが……」

「たしかに腑抜けになったかもしれん。だが、エレシア様の助力を得た今の私に、たか

が十人は少なすぎる」

「ひ、ひぃっ――」

「気絶したか。胆力の弱いやつだ」

片手で兵士の頭を掴んで睨《にら》みを利かせるリックさんは、数分もかからずに十人もの兵士を蹂躙《じゅうりん》した。

前にノイエルドで見張りを一蹴した時とは比べものにならないくらいの膂力《りょりょく》である。まさか拳で殴っただけで人間が紙細工みたいに吹き飛ばされるなんて。

「まったく、リックは品がない、ふわぁ……」

そして、いつの間にかターニャさんも残りの十人を気絶させてロープで縛っていた。

こちらはこちらで、動きが見えなかった分、より怖さが引き立つ。

いくら強化されているとはいえ、あんなに素早く動く人間を私は見たことがなかった。

「ふむ。リックたちはもともと強いが、こうも軽々と我が王国の精鋭を蹴散らすとは。話には聞いていたが、エレシアの身体強化魔法はすごいのだな」

「恐れ入ります」

「これで、終わりましたな。さきほどは取り乱して申し訳あり――」

「いや、まだだ！」

リックさんが「終わり」という言葉を発した瞬間に、ターニャさんが海のほうを向いた。私たちもつられて同じ方向を見ると、海水が盛り上がっていた。やがてそれは生き物の形へと変貌していく。

あ、あれは竜だろうか？　海水が盛り上がって、巨大な竜になったそれが、こちらに勢い良く向かってきた。

「伏せろ！」

ターニャさんが目を見開くと、彼女の瞳にはいつもの青い炎ではなく琥珀色の炎が宿っていた。

こんなに険しい表情の彼女を見たことがない。

「神槍《グングニール》ッ！」

ターニャさんが天に向かって手を掲げてそう叫ぶと、海水の巨竜にも匹敵する大きさの、光輝く黄金の槍が出現する。

そして、彼女が手を振り下ろすと、黄金の槍は巨竜を貫き、海水は大きな水飛沫《みずしぶき》を上げて地面に落下した。

「いけませんね。失敗してしまいました」

「……あ、アンネリーゼ……どうしてここに？」

聞き覚えのある、可愛らしい澄んだ声。

その声がしたほうを向くと、レオン様は驚愕した表情で声を漏らした。

私も驚いていた。王都にいるはずのアンネリーゼさんが、なぜここにいるのだろうか。

それに明らかな殺意を持ち、見たこともないような大規模な魔法で私たちを攻撃してきた。

よく見れば彼女の目は虚ろで、前に会った時と雰囲気が全然違うような気がする。

「ライオネル殿下の理想を実現させるため、邪魔者には消えてもらいます」

「アンネリーゼ！　どうしたというのだ⁉　なぜ、君がこのようなことを⁉」

「ライオネル殿下は急いでおります。邪魔者たちを消し、自らが王になることを。レオン兄様、エレシア様、消えてくださいまし！」

アンネリーゼさんはライオネル殿下に命じられて、このようなことをしたと言っている。悪びれもせずに排除すると述べた彼女は、やはり以前に会った時と印象が違う。

なんせ、彼女は私を守るために魔力を渡してくれたのだから。そんな人がこんなにも躊躇《ちゅうちょ》なく魔法を使って攻撃してくるなんて……やはり催眠術にかけられているからなのか。

どちらにせよ、加減をする気はまったくないみたいだ。

とにかく、このタイミングでアンネリーゼさんを退ける方法を考えないと。

「エレシア、下がっているんだ。アンネリーゼは特にあなたを狙っている」

「エレシア様、まずはあなたを消すようにと仰《おっしゃ》られました。時間がありませんので手短に終わらせていただきます」

「て、手短に終わらせる……？」

アンネリーゼさんはそう口にすると、彼女が身につけていたブローチが赤い光を放ち、さらに全身を包んでいる銀色の光が強まる。

以前の彼女は、あのようなブローチを身につけていなかったような気がする。

そして、彼女の背中から光の翼のようなものが生えたかと思うと、アンネリーゼさんはその光の翼をはためかせて宙を舞った。

――天使。何も知らない人間が彼女を見たら、天使に見えたことだろう。この方には本当に神の力が宿っているのだと。

私はこんな状況でも、彼女のその神々《こうごう》しい姿に息を呑んでしまった。

「レオン殿下、ここは危険です。私とターニャが引き受けますがゆえ、エレシア様を連れてお逃げください！」

「わたくしから逃げられると思っていまして？」

「きゃっ⁉」

アンネリーゼさんは手を地面に翳《かざ》すと、地面が一瞬で凹み大きな穴が空いた。まるで巨人の足跡みたいな大穴だ。何が起きたのだろうか。

こんなのをまともに受けたら私たちはぺちゃんこに押し潰されてしまう。ここからは逃がさないと脅すには十分すぎるほどだった。

「膨大な量の魔力をそのまま振り落としただけだ。それだけで、結果はご覧のとおりな訳だが……」

ターニャさんは瞳に青い炎を灯しながら、アンネリーゼさんが何をしたのか述べた。

まさに圧倒的な魔力の大きさに任せた暴力。聖女だといわれている彼女の力の大きさはやはり計り知れない。

「無駄な抵抗はしないことをオススメします。そうしたら、苦しまずに死ぬことができますから。人生、諦めることが大切です」

アンネリーゼさんは光の翼をバサッと広げて海の上に浮遊し、さきほどの二倍以上の大きさがある水竜を頭上に浮かべた。

こんなものをまともに受けたら、生き死にどころかこの辺り一帯が流されてしまう。

「こうなったら仕方ない。エレシア様、ありったけの魔力であの水竜を押さえてくれ。

その間に私たちが何とかする」

「ターニャさん、そんなこと私には……」

「あの変態聖女の魔力を受け渡されたエレシア様なら対抗できるだけの力はある。自分の力を信じろ」

ターニャさんはこんな絶望的な状況下でも、私を鼓舞する。

あんなすごい出力の魔法に対抗なんてできないと思ったけれど、ターニャさんは適当なことを言わないだろう。

「エレシア、無理はしなくていい。アンネリーゼ！　エレシアではなく、私を殺せば兄上は賭けに勝つ！　殺すなら、私を殺すのだ！」

「レオン様、何を言っているのですか⁉」

レオン様が手を広げて自分を狙うようにアンネリーゼさんに向かって叫ぶ。

そんなことをさせる訳にはいかない。ここで、レオン様を失うなんてことは許されない。

「レオン兄様は死にたがりですね。ですが、すみません。もうすでに全部潰してしまおうと決めてしまいましたので。皆さん仲良く、消えてもらいましょう」

しかし、無情にもアンネリーゼさんは水竜をこちらに向かって放った。

この場を守ることができるのは私しかいない。

決めたんだから、絶対に皆で無事に帰るための覚悟を。

「炎の精霊よ、我らにその大いなる加護を！」

私は両手に魔力を集中して炎の盾を出現させた。

先日、兵士を吹き飛ばした時よりもずっと魔力を込めて形成した盾はこの辺り一帯を覆い尽くすくらい巨大で、私はそれを掲げてアンネリーゼさんの水竜を受け止める。

これなら何とか相殺できそう。でも、何度も上手くいくかどうか……

「リック、上だ。私を上空目がけて思いきりぶん投げろ。今がチャンスだ……」

「むっ、チャンスだと？　分かった！　うおおおおおっ！」

そんな中で、リックさんはターニャさんを抱えて上空高く思いきり放り投げた。

空高く舞い上がったターニャさんは、落下しながら空中にいるアンネリーゼさんにドンドン迫っていく。

「まさかこれも凌《しの》がれるとは思いませんでしたわ」

「お前が渡した魔力のおかげで助かったよ、変態聖女」

「わ、わたくしは変態ではありません。可愛い女の子が好きなだけですの……！」

「……そうか。まぁいい。とりあえず、今日は帰れ」

ターニャさんとアンネリーゼさんの距離が言葉を交わせるくらいになったころ、おもむろにターニャさんがナイフを投げた。ナイフはアンネリーゼさんが身につけていたブローチに突き刺さる。

すると、アンネリーゼさんの姿は突然、兵士の姿へと変化して空から海へと落下した。リックさんが海に潜り彼を救出して事なきを得たが、一体何がどうなっているのだろうか。あれはアンネリーゼさんであってアンネリーゼさんではなかったのか。

しかし思案に耽《ふけ》っている余裕もなく、ルナセイラに着いて一時間ほどで私たちはこの町からの移動を余儀なくされてしまった。

「レオン殿下、エレシア様、急ごしらえですが出発の準備は整いました。馬車の中に早く——」

ヒースクリフさんが私たちを呼びに来たので、急いで馬車に乗りこむ。

突然、私たちの目の前に現れたアンネリーゼさんは、ターニャさんがブローチを壊した瞬間に兵士の姿に変わってしまった。

一体何が起こったのだろう、とようやく馬車の中で思考を巡らせる。すると、すぐにレオン様が眉間に皺《しわ》を寄せて、言葉を放った。

「あのブローチは身につけた者を自らの分身体《ドッペルゲンガー》に変化させることができる魔道具だ。

たとえ催眠状態であろうとも、聖女であり公爵家の令嬢であるアンネリーゼが捜索に加わるなんて許されないからな。兵士の何人かにあのブローチを持たせたのだろう」

「なるほど。だからブローチが破壊されると同時に元の姿に戻ったのですね」

自分の分身を作り出す魔道具なんてものの存在すら知らなかった。

どこからどう見ても偽物には見えなかったし、アンネリーゼさん本人が現れたとしか思えなかった。

只者ではないことを知ってはいたが、敵になって襲いかかってくるとここまで厄介な相手だとは。

「だが、分身体で良かった。分身体は本人の魔力の半分程度しか力を出せないからな。だからエレシア様の魔法でも対抗することができた」

「は、半分だと⁉　ターニャよ、本物のアンネリーゼ様はあの倍もの魔力を有しているのか⁉」

すべてを呑みこむような巨大な水竜を作り出したり、巨人の足跡のような大穴をいとも簡単に作ってみせたりした分身体《ドッペルゲンガー》アンネリーゼさんの力は、あれでたったの半分だという事実に、私たちは驚愕を隠せなかった。

「本物の変態聖女と同じ力だったなら、この町は水没しているし、私たちは全滅だ」

「ふむ、想像するだけで恐ろしい。……だが、それでも余裕がなかったのだな。黄金眼《おうごんがん》を使うところなど、五年ぶりに見たぞ」

「だから、眠い。悪いが、少し寝る……」

リックさんがそう指摘すると、彼女は頷《うなず》いて本当にすぐ寝てしまった。

いつもは眠そうにしているだけで起きてはいるのだが、今日は随分と疲れているみたいだ。

「ターニャの切り札――黄金眼。その琥珀色の瞳は神通力にも似た力を引き出し強力な魔術が使えるようになるという。しかし、体力の消耗は激しく多用すると命に関わる」

「そ、そんな。大丈夫なのですか？　さっきはかなり激しく動いていたみたいですが」

「あれくらいはなんでもないはずだ。彼女はイリーナの一番弟子にしてアンネリーゼの姉弟子でもある、アーツブルグでも有数の魔法師だからな」

あの時、ターニャさんの瞳に宿る炎の色が違って見えたのは錯覚ではないみたいだ。命に別状はないみたいだが、危険な力に手を出していると考えると心配になってしまう。

「あの、アンネリーゼさんもイリーナさんのお弟子さんだったのですか？」

「ん？　……ああ、アンネリーゼは成長するにつれて膨大な魔力のコントロールができなくなってな。その時にイリーナが面倒を見たんだ。だから、ターニャが彼女の姉弟子みたいな関係だった時代があったのだ」

「それでターニャさんはアンネリーゼさんのことをよく知っていたのですね」

「そうだ。軽口を言い合うくらいには仲が良かったぞ。お互いにいい友人だった」

レオン様は、どこか懐かしそうにターニャさんとアンネリーゼさんの関係を教えてくれた。

なるほど、お互いにあの宮廷鑑定士のイリーナさんの弟子だったから、前に会った時に二人は親しそうに話していたのか。

「レオン様、ありがとうございます」

「今度はどうした？　ターニャと違って、私は礼を言われることなど何も――」

「いえ、身を挺して私のことを守ろうとしてくださいました。私はそれだけで幸せを感じてしまったのです」

「当たり前のことをしただけだ。エレシアを死なすなど私にはそれこそ到底できないことだ」

「嬉しいです……でも、二度とあんなことしないでください。私にとっては、残されるほうが辛いのですから」

「うむ。気をつけるとしよう。心配をかけてすまない」

命を張って、自分のことを守ってくれる殿方《ひと》に出会えて、私は幸福であった。

それと同時に必ず二人で生き延びようと、心に誓う。

レオン様を絶対に死なせない。そのために私は何があっても生にしがみつくと決めたのだ。

◆

「ごきげんよう。あなたがエレシア様の妹君ですの？　随分とお姉様と雰囲気が違いますのね。でも、お顔は負けじと可愛らしいですわ」

王都の外れにある小さな教会にわたくしは呼ばれました。というのもカインがわたくしをここに連れてきたのです。

目の前にいるのはオルゲニア公爵家の令嬢にして、アーツブルグ王国の聖女と呼ばれている女。アンネリーゼ・オルゲニアその人です。

多大な魔力を持っており、体が光り輝く奇妙な体質ということは聞いていましたが、講壇のある一段上がった場所に立つ彼女の姿は、たしかに聖女と呼ばれるだけあって神々《こうごう》しく感じられます。

　この人はレオン殿下と幼馴染《おさななじみ》だと聞きました。きっといろいろと王族ともコネクションを持っているはずです。

　仲良くして損はない相手でしょう。でも、そんな方が一体、このわたくしにどんな用件なのでしょうか。

「……わたくしをここに呼びつけた理由はなんですか？　あなたほどのお人が、不本意ながらお尋ね者になっているわたくしに会うメリットはないと思うのですが」

　どんな理由でも本当はどうでもいいです。

　わたくしがこの国の王族に手厚く迎えられるように口利きさえしてくれれば。

　いいえ、贅沢は言いません。最悪、わたくしをこの国から安全に出してくれさえすれば文句は言わないようにしましょう。

　面倒くさいことになりました。訳の分からないことで罪人扱いさせられて。

　それが全部チャラになるなら、多少の不自由は我慢しましょう。

　それにしても、絶世の美女といわれるほどの美貌《びぼう》に、聖女と呼ばれるに相応《ふさわ》しい能力。

　まさにすべてを手に入れたような女性ですね。

「あなたがここに呼ばれた理由など知りませんわ」

「はぁ、そうなんですか？　でも、わたくしはあなたに呼ばれたと聞いているのですが」

「あら、そうでしたの。まぁ、いいではありませんか。どんな理由で呼ばれたかなんてどうでも。ふふ、綺麗な唇ですね」

クスクスと笑いながらアンネリーゼは壇上から下りてわたくしの前に立ち、わたくしの唇に触れました。

な、何するの？　この人、危ない人なんじゃ……

そういえば、公爵令嬢という立場を持ち聖女とまで呼ばれている彼女に浮いた話はありません。

レオン殿下と噂になっていたらしいですが、殿下は物好きの極地というか、エレシアお姉様と婚約してしまいましたし。

ま、まさか、こっちの気があるとは思いませんでした。

この人、わたくしに迫るおつもりなのでしょうか。

「あなた、こんなことをするためにわたくしを呼びつけたのですか？」

唇に人差し指を当ててきたアンネリーゼから距離を取って、もう一度理由を聞きます。

こんな趣味のある方だとは思いませんでした。

わたくしが拒絶しつつ睨《にら》みつけたというのに、アンネリーゼはニコリと微笑みながら余裕の表情を崩しません。

「ですからわたくしはそんなこと存じません。楽しみましょうとお誘いしているだけです。レナさん、怖がる必要はありません。わたくしは優しくしますから」

「ちょっと！　いい加減にしてください！　帰らせていただきますよ！」

「どこに帰られるのですか？　レナさんは帰る場所がないと聞いていますが」

「くっ……！　足元を見て……！」

アンネリーゼはわたくしを馬鹿にすると再び迫ってきました。

何が楽しくてこんなことを。こんなはずじゃなかった。

こいつを利用してやろうと思っていたのに、簡単にはいかないみたいです。

「さぁ、力を抜いてくださいまし。ほら目を瞑って」

「あなた、本気なのですか？　やめなさい」

「ああ、嫌がっているのですか？　そんなお顔も可愛らしいですわ」

「そこまでだ、アンネリーゼ。控えよ」

低い声が響き渡り、アンネリーゼはピタリと動きを止める。

どうやらわたくしをここに呼んだ人間が到着したみたいですね。まったく、誰なんでしょう。こんな危ない女を放置しているなんて。

もう少しで酷い目に遭うところでした。

「待たせてすまなかったのう。そして、ゲストよ、よくぞ参られた、歓迎するぞ。なんせお前は余の目的を達成するための大事な手駒だからな」

レオン殿下を横に倍加させたような、ふくよかな男性が目の前に現れました。

この立ちふるまい、そしてアンネリーゼが恭《うやうや》しく頭を下げている。となると、答えは一つ。目の前の男性は王族ということです。

見た目から年齢を推測するに、第一王子のエドワード殿下か第二王子のライオネル殿下のどちらかでしょう。

いずれ王族と接触するつもりでしたが、まさかそちらから声をかけてもらえるとは思いませんでした。これは好機です。

「余は未来のアーツブルグ王国、国王……ライオネルだ。エレシアの元夫を奪ったクズ女というのは貴様だな」

ライオネル、ということはこの国の第二王子ですね。

なんで、ライオネル殿下がここにいるのかという疑問もありますが、この際それはどうでもいい。わたくしはどうにかしてこの方に取り入らなければ。

しかし、この人はわたくしがファルマンと結婚した経緯を知っているみたいですね。レオン殿下がいろいろと調べたとか言ってたけど、そこから情報が漏れたのでしょうか。ライオネル殿下はどんな方なのでしょうか。ファルマン様のように簡単に煽《おだ》てに乗ってしまうようなちょろいタイプならいいのですが。

「ライオネル様、わたくしはレナ様を気に入ってしまいましたの」

「余の忠実な手駒、アンネリーゼよ。催眠状態にありながら自我を保っていられるのは立派だ。だが、二度は言わん。控えよ」

「分かりましたわ」

甘えるような声で私のことを気に入ったというアンネリーゼは、ライオネル殿下の言葉に頷《うなず》いて従います。

今、催眠状態とか言いましたか？　ライオネル殿下はアンネリーゼに催眠術をかけたとでも言うのでしょうか。

「ライオネル殿下、それでわたくしのことをどうしてお呼びになったのですか」

「ふん。そうだな、クズ女でも何のために呼ばれたのかくらいは聞く権利はあるやもしれんな。一度しか言わんから、よく聞くのだぞ――」

そこからライオネル殿下とエドワード殿下が王位継承を賭けて勝負をしている、という奇っ怪な話を聞きました。

曰く、エレシアお姉様とレオン殿下が結婚をすればエドワード殿下の勝ち、レオン殿下がエレシアお姉様との結婚を断念すればライオネル殿下の勝ちになるようです。

まさか、そんな賭けにお姉様が巻きこまれているなんて思いもよりませんでした。

「そんな馬鹿げた賭けが成立するのですか？　エドワード殿下が負けたとしても、約束を反故《ほご》にするかもしれませんのに」

「心配はしとらんよ。エドワードのやつ、『死神の契約』を交わしてくれたからな」

「死神の契約？」

「約束を反故《ほご》にすると、魂が刈り取られるという古代魔術を使った契約だ。余とエドワードは誓った。賭けに負けた側は勝者を王にするための手先になるとな」

意味が分からない。

そんな魂をやり取りするような契約なんて聞いたことがない。

だけど、ライオネル殿下はいたって真剣な目つきで、エドワード殿下と王位を巡って戦っていると言いました。

「ふん。口で言っても信じられんか。アンネリーゼよ、命令だ。このクズ女でも分かるようにしてやれ」

「承知いたしました。ほら、こうして魔力を当てるとあなたにも死神が見えますでしょう？」

「――っ!?　ば、バケモノ!?」

アンネリーゼが腕を振り上げると、ライオネル殿下の背後に鎌を持ちフードを被った骸骨のような者が見えました。

ま、まさか、これが死神？

たしかにこれは呪術の類いを使ったとみて間違いないですね。

賭けの約束を反故《ほご》にすると、敗者の魂を狩りに来るとは何とも野蛮な話です。

なぜそこまでした賭けをするのかはさっぱり分かりませんが、お姉様の結婚を邪魔すればライオネル殿下に恩が売れるということですか。

死神には驚きましたが、考えてみるとなかなかに愉快な展開じゃないですか。

ズルをして、レオン殿下とくっついたエレシアお姉様がどうなったって知ったことではありませんし。

そうですよ、わたくしにとってはまたとないチャンスです。

「ライオネル殿下。あなたへの協力は惜しみません。ですから、成功した暁《あかつき》には……」

「うむ。望みのものをくれてやろう」

「よろしいんですか⁉」

望むものをくださる？　これは大チャンスですよ。

何を頂こうかしら？　王族との結婚？　王宮暮らし？　それともなんでしょう？

ああ、一時はどうしようと思いましたが、楽しくなってきました。

「生きておれたらな。余が欲しとるのは貴様の体だけだ」

「えっ？」

ニヤリと笑うライオネル殿下の顔を見た瞬間、わたくしは背筋に痺れるような衝撃を受けて、目の前が真っ暗になりました。

わ、わたくしのバラ色の生活はどうなりましたの……

「エレシア・エルクトン抹殺に失敗したのか。お前らしくもない」

目を覚ました時、わたくしは両手両足を鎖で繋がれて拘束されていました。口にも布が巻かれていて、声も発することができなくなっています。

どうやらわたくしはまだあの教会にいるみたいですね。目の前にはライオネル殿下とアンネリーゼがいました。

二人はわたくしをどうするつもりなのでしょう。どうにかして逃げないと。

あら……アンネリーゼは疲れているのか、額から汗が出ていますね。何かあったのでしょうか。

「まことに遺憾ですが、わたくしの力不足で負けてしまいましたの。ターニャさんにブローチを壊されてしまいました」

「ふむ。あの黄金眼の小娘か……。リックといい、余の愚弟には勿体ない傑物だな。半分程度の魔力しか使えぬとはいえ、お前を退けるなど」

何を言っているのかよく分かりませんが、どうやらアンネリーゼはエレシアお姉様を殺すことに失敗したみたいです。

へぇ、アンネリーゼはお姉様を殺しに行っていたんですか。そういうことをするタイプに見えなかったので、意外です。

「あの術は体力的にも時間制限的にも疲れますわ。作戦を変えるのなら、他の方法をオススメします」

刃のように鋭い視線。

アンネリーゼにとってエレシアお姉様を殺すことは本意ではないみたいです。

そういえばライオネル殿下が催眠術をかけたとか言っていましたね。それで、殺害を強制しているということでしょうか。

ですが、話し方とか聞く限りでは、とても催眠術をかけられているように見えないのですが。

「ふん、隙を見て催眠状態を解こうとしているのだろうが、そうはいかんぞ。下手な動きをすれば、お前の家族がどうなるのか想像の翼を羽ばたかせてよく考えることだな。お前は余に命じられたことだけを実行すればいい。助言を求めてはおらぬ。差し出がましい口を利くな」

「仕方ありませんわね。ライオネル殿下の御意に従いますわ。成功するとよろしいですね。レオン兄様もエレシア様も、あなたが思っているほど弱くありませんから」

「まだ減らず口を叩くか。黙ってエレシア・エルクトンの居場所を捜せ。次の作戦に取り掛かる」

ライオネル殿下にエレシアお姉様を捜すように命じられたアンネリーゼは、次の瞬間虚ろな目になって、わたくしに近づいてきました。

な、何をするつもりですか？　生きていれば望みのものをなんでも与えると仰《おっしゃ》っていましたが。

「レオンとエレシアは共にいる。だとすれば、彼女の肉親の血の匂いを辿れば、その場所に至る。そう、アンネリーゼはお前の血からエレシアの居場所を特定することができるのだ」

「それが何か？　わたくしに何をするつもりですか？」

「実際にルナセイラにレオンとエレシアはいた。アンネリーゼの術によって、場所を特定することに成功したのだ。さて、クズ女よ。お前の血液の量から考えると、何度耐えられるかな？」

「た、耐えられるってどういうことです？　や、やめてください！　アンネリーゼさん、近づかないでください」

「今に分かる」

ちょ、ちょっと。わたくしの血を利用して怪しげな術を使うみたいなことを言ってませんでしたか？

アンネリーゼは無言でわたくしに近づいてくるし。わたくしのお腹に向かって手を翳《かざ》している。

そういえば、体がダルいような気がします。

このままだと、わたくしは全身の血を抜かれて死んでしまう？

そんな理不尽なこと、許されてなるものですか。なんで、わたくしがエレシアお姉様を捜すために殺されなきゃならないのですか。

嫌だ！　死にたくありません。どうか、助けてください。

「それでは、クソ女。もう一度、血液を頂くぞ。早く姉が見つかることを願っているんだな。アンネリーゼ、やれ！」

「んんんっ……！　んんっ！」

やめなさい。わたくしに触らないでください。

ぜ、全身の力が抜けていく。頭が痛い、吐き気がします。

わ、わたくしのお腹から真っ赤な球体が出てきました。こ、これがわたくしの血液だとでも言うのですか。

というか、この量をさっきも抜いたということは、すでにかなりの量の血が体から抜かれたということになります。

こんなこと何度もされたら本当にわたくしは失血死してしまう。

「ふっ、そんな怖い顔をして睨《にら》んでくれるな。カインからよく聞いているぞ。お前は、姉の婚約を邪魔するためにアーツブルグ王国に来たらしいじゃないか。クルトナ王国の公爵家に嫁いだのに、それを捨ててまで。身のほど知らずだが、見上げた根性と認めてやってもいい。くっくっくっ」

小馬鹿にするようにライオネル殿下はわたくしのことを嘲笑《あざわら》う。

誰が身のほど知らずですって。王子だからってわたくしのことを見下して。腹立たしいことこの上ない。

悔しいし、何よりムカつく。あり得ません。

こんな屈辱を味わうなんて生まれて初めてです。

「さぁ、準備はできた。アンネリーゼよ、エレシアの居場所を見つけろ」

「承知いたしました。それでは、この札にレナ様の血の匂いを教えこみましょう」

アンネリーゼは懐から何やら呪文の書かれている札を何枚も取り出して、宙に浮かべます。そして、その札はわたくしの体から取り出した血液の球体を吸い寄せて取りこみ、回転し始めました。

アンネリーゼは目を閉じて、何やらブツブツと唱えており、全身を包む銀色の光が眩しいくらいに強まります。

こんなことをして、本当にエレシアお姉様を見つけることができるのでしょうか。

「見つけましたわ。エレシア様はルナセイラから北に向かっています。まっすぐに」

「ルナセイラから北に、だと？」

ライオネル殿下は地図を持ってこさせて、それを凝視します。

エレシアお姉様の動向を本当に掴んでいるのなら、いつか捕まるのは当然の帰結ですね。さっさと見つかって死んでもらえないでしょうか。

そうなれば、わたくしも解放されるでしょうし。

「この進行方向にあるのは……。なるほど、読めたぞ。レオンの狙いはゼルバトス神山の聖竜だ！」

「アーツブルグ王家の血の契約、ですか。レオン兄様は切り札を使うみたいですね。エレシア様のために」

「くっ、思った以上に大仰《おおぎょう》なことを考えてくれるではないか。まぁいい。捜索隊の兵士をすべてゼルバトス神山に向かわせる！」

ふふ、どうやらエレシアお姉様は逃げ場を失ってしまったみたいです。

これで、チェックメイトになればわたくしの命も助かるはず。

ライオネル殿下は笑い、アンネリーゼは俯《うつむ》いて何かを考えている様子でした。

エレシアお姉様、ご愁傷さまです。

——わたくしのために早くお亡くなりになってください。

◇第四章『聖なる竜を巡って』

「しかし、なぜ私たちの居場所がこんなに早く見つかってしまったのでしょう？」

ターニャさんが寝てしまい、ヒースクリフさんが馬車を走らせる中で、私はルナセイラに兵士たちが先回りしていたことに対して言及した。

ヒースクリフさんは目算して少なくとも三日は大丈夫なはずだと言っていたし、そもそもノイエルドからルナセイラへのルートを完全に読み切らなくては先回りするなど不可能なはずだ。

アンネリーゼさんが現れたことでそちらに意識がいってしまったが、よく考えるとこちらのほうが不気味な話だった。

まるで、はるか遠くの王都からこちらのことを監視しているような、そんな感覚である。どのような方法でそんな真似をしているのか、知らなくてはこの先が不安だった。

「考えられるとすれば、魔術の使用ですな。何らかの魔術で我々の居場所を知った。それなら説明がつきます」

「うむ。私も魔術については詳しくないが、任意の相手を捜し出すことができる術というものがあるのかもしれん。なんせ、アンネリーゼは自分の分身を王都にいながらにして出現させられるのだからな。離れた位置の私たちを見つけることくらい可能なのかもな」

リックさんとレオン様はアンネリーゼさんが魔術を使用したのでは、と疑っていた。

不可解な現象は魔術由来の場合が多い。たとえ本筋が外れていたとしても、当たらずとも遠からずというところだろうか。

レオン様の言うとおり、アンネリーゼさんの力は途方もない。

私たちの常識では考えられないことを可能にしてしまう怖さがある。

なんせ、私に信じられないほどの大きさの魔力を一瞬で受け渡したり、大きな水竜を出現させたりと、そんな奇跡みたいな技を使うのだから。

「アンネリーゼさんが私たちを見つける力があったとして、ノイエルドにいた時はそれを使わなかったのには何か理由があるのでしょうか？」

「そういえば、そうだな。最近、我々を見つけるための準備ができた、ということだろうか？」

「それを考えても結論は出ませんぞ。ライオネル殿下に我々の居場所を知る手段がある前提で、問題は私たちがどう動くか、です」

ヒースクリフさんによると、私たちがノイエルドで過ごしていたころ、追手たちは地道に一つ一つの町を回って捜していたらしい。

ということは当然、私たちの居所を掴む手段を得たのは最近ということになる。

よく考えたら、リックさんの言うとおり、その方法までを議論する意味はないかもしれない。方法を知ることができたとして、それを確かめる術も、防ぐ術も見つかる保証はないのだし。

問題は、ライオネル殿下が私たちの居場所を突き止める手段を得ていること。それに対して私たちはどうするかを考えることが先決だ。

でも、どうしたらいいのだろう。居所を知ることができる相手から逃げきるなんて。

そんなことは不可能ではないか。ルナセイラの時のように先回りされてしまう可能性が高そうだ。

「聖竜を狙っていることも、ライオネル兄様の知るところとなっていそうだな」

「それなら、ライオネル殿下はゼルバトス神山に追手を送る可能性が高いですね」

「ああ、間違いなく送るだろう。今度は百人、いや二百人は下らないかもしれん」

先回りに近い方法でルナセイラに追手を差し向けたことから、私たちの行き先について進行方向くらいは知ることが可能だと推測できる。

そして、馬車の進行方向にはゼルバトス神山があるのは地図を見れば明らか。王族であるライオネル殿下は狙いが聖竜であると察するのではないか、とレオン様は懸念した。

二百人もの追手が来れば、いかにリックさんとターニャさんが強くとも、私たちは簡単に蹂躙《じゅうりん》されてしまう。

「レオン様、そうなると今のこの状況は、すでにチェックメイト寸前かもしれません。無策で突き進めば確実に私たちは袋のネズミ状態になってしまいます」

「エレシア、あなたの進言は正しい。だが今は急いで進むしかあるまい、予定よりも早く王都に戻ることになるが……。ゼルバトス神山にライオネル兄様の追手が集結するよりも早く、聖竜と契約を済ませて王都に戻る。すでにライオネル兄様に見つかっているのなら、きっと私兵のほぼすべてを神山に向かわせているはず。それなら、むしろ王都のほうが安全だ」

「なるほど、前倒しで予定を進めるということですか」

当初の予定では、私たちの結婚式が行《おこな》われる三日前に聖竜と血の契約を交わすつもりだった。

聖獣との血の契約は、期間がたったの三日間しかないから。

聖竜に守ってもらいつつ、エドワード殿下とライオネル殿下の賭けのタイムアップを待つという作戦だった。

しかし、今の状況で時間が経つのを待つのは明らかに悪手であり、確実に見つかってしまう。そしてそうなれば、我々は一網打尽だ。

ならば敢えて、追手が少ないうちにゼルバトス神山で聖竜を手に入れようと考えたレオン様の決断はベストだと言えるだろう。

「そもそもエドワード兄様の本心も分からない以上、無事に一ヶ月をやり過ごせば大丈夫だという保証もない。ならば、先に王都に行って様子を探るのも悪くない」

「それしかありませんな。もちろん追手の中には我々よりも早く着く者たちがいるでしょう。しかし少数でしたら、私とターニャで何とかします！」

リックさんはレオン様の決断に同調して、頼り甲斐のある言葉を口にした。

王都に早く戻ることは不安だが、これしか生き延びる手段がないのでそうせざるを得ないだろう。それにレオン様の言うとおり、エドワード殿下のことも気になるし、悪くない手かもしれない。

リックさんはヒースクリフさんにゼルバトス神山への最短コースを選んで最速で向かうように指示を出した。守護聖獣である聖竜と予定よりも早く血の契約を結ぶために。

私たちは最後の希望に縋《すが》って、危険な賭けに出た。

――大丈夫。きっと上手くいく。

私は静かに拳を握りしめた。

◆

「あの変態聖女は私たちの向かう方向を知っているのだ。それしか考えられまい」

馬を休ませるのと同時に、私たちは焚き火をおこして食事をすることにした。

ターニャさんにもゼルバトス神山に最速で辿り着けるルートを取ると伝えると、彼女はそれに納得する。

もたついていれば、確実に捕まってしまうのだから当然かもしれないが。

ターニャさんも、アンネリーゼさんには王都から我々の位置を知る術があると思っているみたいだ。

「殿下！　ゼルバトス神山に向かうルートについて、ほんの少しだけ遠回りになりますが、こちらのルートにしていただけないでしょうか！　今、思いついたのですが、我々の生存率を上げる方法があります！」

一通り話がまとまりかけた時、思い詰めた顔をしていたリックさんが地図を広げてルートの変更を進言した。

一刻を争う時に、どうしてわずかとはいえ遠回りを進言するのだろうか。

少しだけ不安と疑心が私の胸の中に芽生える。

「このルート沿いには私の故郷《ふるさと》があるのです。代々、我が家に受け継がれし剣を持っていこうかと」

「ブルターニュ家に伝わるというあの剣か？」

「はい。私の曽祖父であるオルランド・ブルターニュの遺品。聖剣デュランダルでございます。エレシア様をお守りするために私も切り札を持ったほうが良いかと思いまして」

「えっ？　あのオルランド・ブルターニュといえば、アーツブルグの英雄として知られる騎士の名前ですよね？」

「ああ、そのとおりだ。よく知っていたな、エレシア」

アーツブルグの大英雄の名前を知らないはずがない。

まさかリックさんがその子孫だったとは。ファーストネームしか教えてもらっていなかったから、今日まで知らなかった。

聖剣デュランダルか。聖剣と言うからには普通の剣とはやはり違うのだろうか。

「無理をするな。聖剣は使用者の生命力を糧《かて》にする。下手に使えば死ぬぞ」

「黄金眼を使ったお前が何を言うか！　一人だけいい格好はさせんぞ」

「なら、好きにしろ……」

「ああ、好きにさせてもらう。それが私の性分だ」

どうやら聖剣というものは、使用者に危険が及ぶ代物みたいだ。

そんな危険な行為はやめておいたほうがいいとは思ったのだが、リックさんの心意気に水を差すようなことを言うのも憚《はばか》られる。

彼には彼のプライドがあるだろうし、その騎士道精神は尊重したい。

「分かった。この先、ライオネル兄様も本気で私たちを捕えようと躍起《やっき》になるだろう。リック、お前が聖剣を手に入れれば、それ以上に心強いことはない」

「はっ！　必ずやエレシア様をお守りし、レオン殿下の幼き日からの夢を叶えてみせましょう！」

レオン様もリックさんの覚悟を感じ取ったのだろう。彼の意見を尊重することに決めた。

こうして、私たちはゼルバトス神山を目指しつつ、リックさんの故郷《ふるさと》の町に向かうこととなったのだ。

彼の故郷《ふるさと》はどんなところなのだろう。急いでいることには変わりないが、私は少しだけ興味があった。

◆

「ここがリックさんの故郷《ふるさと》ですか。すごく大きな小麦畑ですね」

「王都に大量に卸していますからな。土がいいらしく、昔から農業が盛んなのです」

リックさんの故郷《ふるさと》であるラーハイムの町に辿り着いた私たち。リックさんも久しぶりの帰郷だからなのか、少しだけ顔が綻んでいるような気がする。

そんなに長く滞在はできないけど、束の間の帰郷を楽しんでほしい。

「何もない辺鄙《へんぴ》な田舎町じゃないか」

「王都生まれのお前には分からんのだ。これは辺鄙《へんぴ》ではない、長閑《のどか》というのだ！」

そんなリックさんにターニャさんがいつもの毒舌を発揮すると、彼はムッとした顔で言い返した。

長閑《のどか》、ですか。ノイエルドもそうでしたけど、こういうのんびりとした雰囲気のところっていいと思う。空気も美味しいし、精神的に癒やされる。川のせせらぎの音ってなんでこんなに落ち着くのだろうか。

全然馴染《なじ》みの場所ではないが、もはや私はクルトナ王国にある実家に帰った時よりも懐かしい気持ちになっていた。

「リック、その辺にしておけ。それよりも聖剣デュランダルだ。実家にあるのだろう?」

「はい。父が厳重に管理しているはずです」

リックさんの案内で私たちは彼の実家に向かった。

彼のお父様もやはり彼のように大きな方なのだろうか。とても気になる。

なんせリックさんみたいに背が高い人は見たことがない。きっと血筋なのでは、と私は予想していた。

そんなことを考えているうちに剣術道場の前に到着した。

その名もブルターニュ流剣術道場。

どうやらここがリックさんの実家らしい。

見た感じかなり歴史が長いように見える。きっと由緒正しい道場なのだろう。

「親父殿！　リック、只今帰りましたァ!!」

「この馬鹿息子がァァァァ!!」

リックさんが実家の道場の門を開いた瞬間、奥から真剣を持った壮年の男性が飛び出してきて、彼を吹き飛ばした。

砂煙が激しく舞い上がり、大柄なリックさんが大の字で倒れてしまう。なんてことだ。あのリックさんの巨体がいとも簡単に吹き飛ばされるなんて。

ま、まさか。この方が彼のお父様なのだろうか。

熊みたいに大きくて、腕も首も太くて、巨人が出てきたと思ってしまった。あのリックさんが小さく見えるなんて。

「ちょ、ちょっと！　親父殿⁉　なぜ、俺に攻撃を⁉」

「お前がアーツブルグの王子を攫《さら》ったのであろう⁉　このブルターニュ家の恥晒しがッ！　腹を斬れ！　それともこの儂が首を切り落としてやろうか⁉」

どうやらライオネル殿下はリックさんたちがレオン殿下を誘拐したという噂を流しているみたいだ。

それを信じたリックさんのお父様はお怒りのようだが、とにかく落ち着いてもらおう。

「落ち着くのだ。リックのお父上よ。私なら攫《さら》われておらん。むしろ、リックは私の最も信頼する護衛だ」

「――っ⁉　れ、レオン殿下⁉　な、何という醜態を殿下に！　このマルサス、腹を斬ってお詫びします！」

リックさんの誤解はレオン様のおかげで解けたものの、今度はリックさんのお父様ことマルサスさんが自らの腹を斬ろうとする。

なんだかリックさんをさらに生真面目にした方みたい。

「何と、ライオネル殿下がレオン殿下を捜していたのにはそのような理由《わけ》が。それで、我が家の家宝である聖剣デュランダルを求めて、この町に来られたのですね」

マルサスさんはレオン様に宥《なだ》められて、ようやく落ち着いたようだ。あのまま興奮し続けていたら本当に腹を斬ってしまいそうで、少し怖かった。誤解は解けたけど、解けなかったらと想像すると身震いしてしまいそうだった。

今は剣術道場の中に入れてもらって、そこで話をしている。

「して、親父殿。聖剣はどこに？」

「ああ、ちょっと待っとれ。今持ってくる。よっこいしょ……っと」

マルサスさんはリックさんの言葉に反応して立ち上がり、床板を外した。

すると、下へと続く階段が姿を見せた。どうやら隠し階段のようだ。

隠し階段なんて初めて見た。この下に聖剣を隠しているのだろうか。

「これでも、この辺りでは有名な伝説の聖剣ですからな。高く売れると聞いてこの剣を狙う不届きな輩も後を絶たんのです」

　そう言って彼は隠し階段を下りて、厳重に溶接された鉄の箱を持ってきた。

　随分と重そうだ。しかし待ってほしい。この箱、ピッタリと閉じていて鍵穴のようなものもないから、開けられないような気がするのだけど。

　この中に本当に聖剣が入っているのだろうか。

「親父殿、この箱は」

「これぞ、ブルターニュ家に代々伝わる伝承の儀式。鉄破の儀！　息子よ、この箱を剣で斬ってみせよ！　さすれば、聖剣をくれてやる！」

「いや、無理だろ……、それは」

　鉄の箱を剣で斬れという無茶な要求をするマルサスさんに対して、ターニャさんが間《かん》髪《はつ》を容《い》れずに口を出す。

　たしかに剣で鉄が斬れるという道理はない。

　私もそう思ったのだが、リックさんは黙って立ち上がり剣を抜いて上段に構えた。

　まさか、この鉄の箱を本当に剣で斬るつもりなのだろうか。

「リックはやる気だな。エレシア、少しだけ下がるぞ」

「あ、あの、リックさん、本当に鉄を斬るつもりなんですか」

「あれは本気の目だ。大丈夫、リックはやる時は必ずやり遂げる男だ」

レオン様は私の手を引いて一歩後ろに下がる。

それは、リックさんへの信頼と敬意なのだろう。

私たちが後ろに下がる音がやみ、静寂が道場を満たす。

この空間全体にピリピリとした空気が流れていた。これはリックさんから醸し出される緊迫感が伝わっているからなのだろうか。

鬼気迫るというのは、今の彼の表情のことを言うのだと思う。

「奮《ふん》ッ！」

気迫の籠もった声が鼓膜を刺激したと思うと、キンッという金属音が奏でられた。目にも留まらぬリックさんの剣による一閃が鉄の箱を捉えていた。しかしながら、案の定、鉄の箱はビクともしない。

こんなことって。リックさんは力を尽くして一撃を放ったのに。

「やはり、無理なのでは？　物理的にも」

「いや、リックはまだ諦めていない！」

レオン様が私の言葉にそう返事をした時、リックさんは再び剣を振り上げて、さきほどよりも大きな音を立てながら振り下ろした。

リックさんが剣を振り下ろすたびに、キンッ、カキン、と鈍い金属音が耳に届く。

最初はつんざくような音に眉間に皺《しわ》を寄せていたものの、いつまでも続く音に耳が慣れてしまった。

もう、一時間は経過したでしょうか……

ターニャさんは眠たそうに目を擦《こす》り、私とレオン様は一心不乱に剣を振り下ろすリックさんを無言で眺めている。

目を逸らしてはならない。

彼は私たちを守るために無茶をしてくださっているのだから、この姿を目に焼きつけなくてはならない。

ひたむきに、汗だくになりながら、刃がこぼれて剣が鈍器に近くなろうと、リックさんは剣を振り続けた。

「はぁぁぁぁぁっ!!」

そして、彼が最後に渾身の一撃を放ったその時。

無情にも剣の刃は折れてしまい、床に突き刺さってしまった。

リックさんは体力を消耗しきったのか、膝から崩れ落ちて息を切らす。

やはり、鉄の箱を斬るなど無謀だったのだろうか。

リックさんはまさに死力を尽くしていた。それなのに。

——こんな無情なことってあるだろうか。

私は悔しくなってしまっていた。

「……なんだ。やっぱり、リックのやつはスマートじゃないな。もっと静かに壊せないのか」

「ターニャさん?」

「うるさくて目が覚めた。あれだけ叩いたんだ。経年劣化した金属の箱くらい割れて当然だろう」

目に青い炎を宿したターニャさんが鉄の箱を見ながら、そんなことを口にする。

まさか、そんな。

劣化しているとは言うが、綺麗に手入れされていて錆一つない鉄の箱だ。

「ふむ。どれ……」

マルサスは鉄の箱をジッと眺めてコンコンと叩く。すると、驚いたことに箱の表面がガラガラと崩れ落ちて、中に入っていた剣の姿が見えるようになった。

こんなことが起きるなんて、奇跡だとしか思えない。やっぱりリックさんはすごい人だ。

リックさんの頑張りがこの結果を生んだのだ。

私はびっくりして、手が震えてしまっていた。

「はぁ、はぁ……、レオン殿下、エレシア様、やりましたぞ」

リックさんはよろよろと立ち上がり、私たちのほうを向いてニコリと微笑んだ。

そして、鉄の箱の中に手を伸ばして聖剣デュランダルを手にする。刀身だけで私の背丈くらいある。なんて大きな剣なのだろうか。

これが伝説の聖剣なのか。こうして見ることができるなんて、感慨深い。

「これが聖剣デュランダル。うーむ。柄が手に吸いつくような、この感覚は初めてだ」

リックさんは鞘から剣を抜き、柄の感触を確かめていた。

この刀身の光はアンネリーゼさんから放たれる銀色の光や、ターニャさんの黄金眼から放たれる金色の光とも違う不思議な光だ。

神秘的というか、何というか、一目で普通の剣とは違うと分かるような〝すごみ〟があった。

回り道こそしたものの、こうしてリックさんは無事に聖剣デュランダルを手に入れた。

この選択はきっと正しい。根拠はないが私はそう確信している。

聖剣を手にしたリックさんの後ろ姿は、さきほどよりも大きく見えた。

◆

「もうすぐゼルバトス神山に到着する。この国で最も標高の高い山だ。防寒具の準備を忘れないでくれ」

レオン様はゼルバトス神山が近づいたことを告げると、荷物の中から防寒具を取り出して私に手渡した。

あの山がこの国で一番高い山なのか。こうして、目の前にそびえ立つ山を見ると圧倒されてしまう。

頂上は雲がかかっていて、よく見えない。

体力には多少の自信はあれど登山の経験はほとんどないから、周りに遅れずに登れるかどうか不安ではある。

気を引き締めねば皆さんの足手まといになってしまいそうだ。

頑張らなくては。

あとひと息で、レオン様と共に王都に戻ることができるのだから。

「頂上まで、この足がどうなろうと辿り着いてみせます」

「ご心配なく、エレシア様。いざとなれば私が背負いますゆえ」

「ええっ⁉　そんなの悪いです」

私が登山への意気込みを話すと、リックさんは無茶なことを口にする。

私を背負った状態でこんな険しい山道など登れるはずがない。だって、リックさんはあの大きな聖剣デュランダルを持っているのだから。

「悪くなどない……リックなんて力しか取り柄がないのだ。エレシア様は遠慮なく頼れば良い」

「ターニャ！　お前はデュランダルの錆になりたいようだな⁉」

「落ち着け、リック。エレシア、いざという時はリックやターニャに遠慮は無用だ。この二人はあなたを守るためにいる。もちろん、私にも遠慮は無用だ」

背負うという発言に私が抵抗を示していると、レオン様が私に微笑みかけてそう告げる。

気持ちはとても嬉しいが、私としては自分の力でできることは人に頼らずに努力したいという気持ちが強くて甘えられずにいる。

ここは私にとっても正念場。レオン様との結婚を現実のものにするために、全力を尽くすべき場面なのだ。

「あなたからは、私はまだ子供に見えてるのかもしれないが、本音を言えば頼られたいのだ」

「レオン様？　ええっと、レオン様を子供だとは思っていませんが」

「そうなのか？　では、私の勘違いだった。すまない」

私が甘え下手だと悩んでいると、レオン様がいきなり頼られたいと告白する。

……ごめんなさい。子供だとは思っていなかったけれど、そのようなことを気にしているレオン様を少しだけ可愛いと思ってしまった。

そうか。頼られて喜ばれる殿方もいるのか。

素直に頼るべきところでは、私も意地を張らないほうが良さそうだ。

「では、困ったら最初にレオン様に我儘《わがまま》を言いますね」

「そ、そうだな。そうしてくれると嬉しいよ」

レオン様の大きな手を握って、私は約束した。

今はこれが精一杯の甘えである。この先、結婚したのちには、たくさん甘えられるように頑張ってみよう。

「レオン殿下、嬉しそうにするのはいいが、気は抜かないでくれ」

「気は抜いていないぞ」

「だらしない顔をしてたからな。エレシア様が好きすぎるのは分かるが、集中してくれないと困る」

「た、ターニャさん。それは私が照れてしまいます」

ターニャさんの発言にレオン様も恥ずかしがって顔を背けているが、私もなんだか顔が熱くなってしまっていた。

彼からの好意の強さを他人に気づかれているというのは、思った以上に気恥ずかしい。でも、この調子だとレオン様の知り合い全員からそんな風に見られるのを覚悟する必要がありそうだ。

そろそろ私もこういった雰囲気には慣れないといけない。まだ時間はかかりそうだけど。

「コホン……レオン殿下、エレシア様、私たちもお二人の幸せを願って死力を尽くします」

「リックさん、ありがとうございます」

「いいえ、礼には及びませぬ。あと、ターニャ、レオン殿下を二度とからかうな。それでは、登山と参りましょう！」

リックさんのかけ声と共に準備を終えた私たちは、馬車を降りてゼルバトス神山に向かった。

「ふわぁ、努力する」

ヒースクリフさんには馬車の番をしてもらうために身を隠してもらい、聖竜を確認し
たあとに王都への別ルートに向かってもらうことにしている。

万が一の時は、ターニャさんの合図で馬車を待ち合わせ場所に移動する手はずだが、
そういう事態は避けたい。

おそらくライオネル殿下も、私たちがこの地に向かっていることは把握しているはず。
兵士が多くは集まっていないと信じたい。せめて突破できるくらいの人数であってほ
しい。そんなことを考えながら歩いていると案の定、兵士たちと遭遇した。

「ほ、本当に来たぞ！　レオン殿下にリックさんとターニャだ！」

「想定よりも随分と早いじゃないか。しかし、こちらはすでに五十人以上集まってい
る！　捕らえるのは容易《たやす》いぞ！」

「油断するな！　リック殿は剣術の達人、ターニャはイリーナさんの一番弟子だ！　必
ず十人以上でかかれ！」

ゼルバトス神山の山道の入口には、すでに五十人以上の兵士たちが待機していた。

ライオネル殿下の私兵団は二百人以上いるらしいが、急いで向かったおかげでまだ四分の一程度しか集まっていないようだ。

これは計算どおり。何とか彼らを振り切って、山頂を目指さなくては。

「私の補助魔法を……、それと、私も魔法で戦います！」

「エレシア様、ここは聖剣デュランダルに出番をくだされ！　どうか私の後ろに！」

リックさんは私の身体強化魔法を受けて上機嫌そうに笑い、漆黒の鞘から聖剣デュランダルを抜く。

金でも銀でもない不思議な光を放つ刀身は、彼が剣を振り上げた時、輝きがより一層増す。聖剣とやらの力はどのようなものなのか、その答えはすぐに嫌というほど知ることとなった。

「ぬおおおおおっ!!」

「「ぎゃあああッッ――――！」」

リックさんが聖剣を振り下ろしたその瞬間、前方の地面が抉《えぐ》れて底の見えない大穴ができ上がった。

傍から見れば、地割れが起きたようにさえ見えるだろう。何ということだ。これは剣というよりも、もはや兵器である。

剣戟の余波だけで、二十人ほどの兵士たちは吹き飛ばされて、残りの兵士たちもあまりの光景に立ちすくんでいる。

それはそうだろう。こんなの人間のなせる業ではないのだから。恐怖を感じるのは当然だ。

「まったく、聖剣と言っても馬鹿力が増しただけじゃないか。ふわぁ……」

「集中力を持たんかぁ！　んっ？　お、黄金眼⁉」

「神の息吹《ゴッドブレス》ッ！」

ターニャさんの瞳に琥珀色の炎が宿り、その瞬間に凄まじい突風が吹き荒れる。

彼女も死力を尽くそうとしているということか。

リックさんとターニャさんは、瞬く間にライオネル殿下の私兵団を壊滅寸前まで追い詰めた。

これなら思った以上に早くここを突破して、頂上を目指せるかもしれない。

だが、そろそろ私がかけた補助魔法が切れてしまう。念のため、もう一回二人に強化を……

「待て、エレシア！」

二人に向かって飛び出そうとした瞬間、レオン様が私の腕を掴み、動きを制止させる。

その直後、ドカンという音と共に大地に亀裂が走った。

「ぬっ⁉　この太刀筋は⁉」

「久しぶりだなぁ。リック・ブルターニュ！」

「はぁ、嫌な顔を見た。これなら変態聖女のほうがまだマシだ」

「ターニャさん、それは僕への告白とみなしてもいいですか？」

何やら物々しい雰囲気の二人組が、私たちの前に立ちはだかる。

リックさんと同じくらいの長身で、顔に大きな雷のような刺青を入れた坊主頭の男性と、同じく黒いフードを被った茶髪の線の細い男性。

この二人は一体、何者なんだろう。

「ゼノンとジークフリート。ライオネル兄様の私兵団の団長と副団長だ……」

レオン様がその二人の名前を呟く。

どうやら、彼ら二人がライオネル殿下の切り札らしい。

これはリックさんとターニャさんといえども、簡単には勝てそうにない相手だ。

「アーツブルグ王国、最強の剣士はどっちなのか、そろそろ決着をつけようじゃねェか！」

「そんなものには興味はない！　ぬおりゃあああぁッ！」

「ターニャさんの魔力が一番美味しそうなんですよね。今日こそ吸わせてもらいますよ」

「気色悪い。頼むから死んでくれ……」

二人の男性——ゼノンとジークフリートは異様な雰囲気を漂わせながら、リックさんとターニャさんに斬りかかる。あの二人と互角の戦いを繰り広げるなんて……

今まで二人が苦戦するところすら見たことがなかったので、目の前の光景に思わず目を見張ってしまう。

よく考えてみれば、ライオネル殿下にも二人と同じくらいの腕利きが直属の側近としているに決まっている。

むしろ、今までは彼らに遭遇しないように上手く立ち回ることができていたので、このような事態から逃れられていたのだろう。

「誤算だった。ライオネル兄様の側近の中でも特に厄介なあの二人は、兄様自身の護衛として王都から離れないと予想していたのだが。アンネリーゼがいれば安心とでも思っているのだろうか」

ライオネル殿下の側にアンネリーゼさんがいるのは明白だし、彼女を護衛代わりに使っている可能性は高いだろう。

ルナセイラで見た彼女の二倍の力なんて、誰も敵わないと思ってしまう。

自らの側近をこちらに惜しみなく送っていることから、ライオネル殿下の本気度が窺えた。

「特にゼノンは強い。デュランダルと双璧を成す業物、魔剣ダーインスレイヴを所持していて、さらにその剣技はアーツブルグで随一といわれている。ジークフリートは魔力を吸収する特別な術を使うのが厄介だ。あとは、ターニャに惚れていたか。しつこくつきまとっているから、珍しくあいつが苦手意識を持っていたが」

レオン様は私を庇《かば》うように立ちながら、リックさんたちの戦いを見守る。

リックさんとゼノンの剣がぶつかるたび、轟音と共に大地は割れ、突風が吹き荒れた。

地形が変わってしまいそうな戦いに、私たちは立っていることさえおぼつかなくなってしまった。

「神槍《グングニール》ッ！」

ターニャさんは、前にアンネリーゼさんが生み出した水竜を崩した時に使った、巨大な光の槍を放つ。しかしながら、ジークフリートはそれを掴み食いちぎると、モグモグと食べてしまった。

それはもう、恍惚の表情を浮かべながら美味しそうに。

「あむっ、もぐもぐ。げぷっ……。いやー、やっぱり美味しいね。ターニャさんの魔力は。これは、もう愛の告白だな」

「あんまり食べると腹を壊すぞ」

「ターニャさんのでしたら、いくらでもイケますって」

「神槍《グングニール》ッ！」

「ふふっ、また美味なる魔力を放りこむなんて。プロポーズにも等しいよ。あむっ」

ニヤニヤと笑いながら、ジークフリートはターニャさんの放つ黄金の光の槍を喰らい尽くす。

ターニャさん、なんで魔力を吸収できる相手に魔術を？　魔術以外でも戦える人なのに。

「エレシア、よく見ろ。ジークフリートの体が……」

おや、とレオン様に言われるがまま彼をよく見ると。さきほどより彼はふくよかになったような気がする。

いや見間違いではない。

明らかに太っている。それはもう、今にもお腹が破裂しそうなくらい。

「ターニャさん、今度は君が僕の愛を受け――ぐぎゃっ⁉」

「ようやく、蹴飛ばしやすくなったな」

「……た、ターニャさん？」

丸々とした体型になっているジークフリートの腹部を、ターニャさんは思いきり蹴飛ばした。彼はボールのようにゴロゴロと飛ばされて、それを見たターニャさんは嬉しそうに微笑んでいる。

あんなに楽しそうな笑みを浮かべるターニャさんを見るのは初めてかもしれない。

まさか、最初からそれが狙いで。あんなに連続して魔法を使っていたのか。

「お前の魔力吸収量は無尽蔵じゃない。私の眼にはそれが分かる。言っただろう？　腹を壊すと。あと、私は魔法よりも蹴飛ばすほうが好きだ――」

「ふっ、ふふっ、愛する人から蹴飛ばされるとは。もはや、ご褒美だな。これは！」

なぜか一方的に蹴られているのに、ジークフリートは嬉しそうな顔をしている。

最後にターニャさんは彼の後頭部に踵を落とすと、彼は痙攣《けいれん》しながら動かなくなった。

どうやら、ついにターニャさんの逆鱗《げきりん》に触れてしまったみたいである。

「……ちっ、気絶しながら笑ってるのか。不愉快な男だ」

苦々しい顔をしているターニャさんに、私たちは苦笑を浮かべることしかできなかった。だがともかく、ライオネル殿下の側近のうち、片方は倒すことができた。

つまり二対一になった訳だから、断然こちら側が有利になったということである。

ターニャさんは疲れていそうだけど、リックさんと力を合わせればきっと何とかなる。

それに私も魔法で応戦すれば、三対一になるし有利な盤面は揺るぎないのではないか。

「リック、お願いしたら助けてやらないこともないぞ」

「ナメるな、ターニャ！　私一人で勝ってみせるに決まっておろう！」

「あ、そう。じゃあ、寝る。済んだら起こせ。グゥー」

リックさんが強気に宣言すると、ターニャさんはそのまま倒れて寝てしまった。

彼を信じて任せたのか、それとも見た目以上に彼女のダメージは大きいのだろうか。

黄金眼というものは術者の体力をかなり奪うと聞いていたし。

「あの、私もリックさんを援護したほうがよろしいのではないでしょうか？　ターニャさんは疲労困憊《こんぱい》で動けないみたいですし」

「いや、ターニャによると、エレシアがアンネリーゼより受け取った魔力には限りがあるみたいだ。万が一の時のために温存しておくべきだ」

「しかし、レオン様……」

「リックは一人で勝つと宣言した。あいつのことを信じてやってくれ」

真剣な顔でリックさんを信じてほしいと口にするレオン様。

失礼なことをしたかもしれない。リックさんは勝つと言ったのだから、勝つに決まっている。

私もリックさんの心意気を信じて見守ろう。

「リックよぉ。お前、一人で勝つとか大きく出たなぁ！　デュランダルを手に入れたのか知らんが、俺のダーインスレイヴはそんなお上品な剣じゃ決して勝てねぇ高みにある」

「そんなことに興味はない！」

金でも銀でもない不思議な光を放つデュランダルと、すべてを呑みこむような黒い闇で覆われているダーインスレイヴ。二つの剣がこれまでになく激しく衝突して、大気が揺れビリビリとした感触が肌に伝わる。

鳴り響く轟音は衝突するごとに大きくなり、すでに山道の入口付近に所々に大きな穴が空いてしまっていて、彼らの戦いの激しさを象徴していた。

「嬉しいぜ、リックよ。これでお前を倒せば、俺がナンバーワンだってことに誰も異論を唱えない！　ライオネル殿下にゃ、感謝してる！　俺のために最ッ高の舞台を用意してくれたんだからなァ！」

「それだからお前は二流なのだ！　俺はレオン殿下のため、エレシア様のため、お二人の幸せな未来を守るために剣を振る！　自分のためだけに柄を握るお前などには負けん！」

ゼノンはダーインスレイヴを上段に構え、前傾姿勢を取り、リックさんはデュランダルを下段に構えて彼を見据える。

未来を読むなんてことはできないが、決着がもうすぐだということは私でも分かった。

二人は最後の一撃を繰り出そうとしている。

「「これで、終わりだァ！」」

そして予想どおり、光と闇が交錯し、二人の剣士の勝負が終わった。

周りの地形が無残にも変わってしまっている。目の前の光景はこの戦いの壮絶さを物語っていた。

「くっくっくっ！　甘いぜ！　甘すぎるぜ！　リック！　この命の取り合いをしてるって時によぉ！」

「…………」

「ちっ、この俺を、はぁ、はぁ、殺さないでいるなんて、な。甘、すぎるぜ……」

出血する胸を押さえながら、ゼノンはその場に膝をついて倒れた。

あれだけの勝負を演じて、あんなすごい切れ味の剣で斬り合って、リックさんはゼノンを殺さなかったというの？　見事というより他はない。

「勘違いするな。お前を殺さなかったのは、俺が甘いからではない。お前ごときの血でレオン殿下とエレシア様の未来を穢したくなかったからだ」

リックさんは羽織っていたマントを倒れたゼノンにかけた。

これは彼なりのゼノンへの敬意なのだろうか。

とにかく問題の二人は倒した。

もちろん、他にもまだまだこちらに向かってくるライオネル殿下の私兵団はいるのだろうが。

「リック、あのゼノンを相手に見事だった。早速で悪いが歩けるか？」

「無論です。このリック、地獄の果てまでお供する所存ですから。この程度の怪我、なんでもありません」

「デュランダルは生命力を糧《かて》にすると聞いていますが、本当に大丈夫ですか？」

「はっはっは、ご心配なさるな。何ならエレシア様を背負って登山と参りましょうか？」

「リックさんが大丈夫だということは分かりました。でも、無理はしないでください」

ゼノンとこの辺りの景色を一変させるほどの死闘を演じて大丈夫なはずがないのだが、
私はこれ以上言及するのをやめた。

彼は強がりを言っているのかもしれない。しかし、自分のために強がりを言ってくれている方の想いを無下にするのも憚《はばか》られたのだ。

「ターニャ、そろそろ起きてくれ。上へ向かうぞ」

「ふわぁ、やっぱり眠い。リック、背負ってくれ」

「自分で歩かんか！　馬鹿者！」

眠たそうに目を擦《こす》るターニャさんに大きな声で発破をかけるリックさん。

二人とも大きな戦いのあとだというのに、何事もなかったかのように歩いているなんてすごい。私も慣れない登山とか言ってはいられない。

数千メートルはあるという大きな山だが、頑張って登頂し聖竜と対面しなくては。

激戦を終えて、私たちはようやく登山を開始した。

◆

「エレシア、平気か？　ようやく半分くらいというところだが」

「ええ。大丈夫です。多少は疲れましたが、何ともありません」

登山というものは思った以上に足に負担がかかった。でも、それを顔に出す訳にはいかない。

意識して平然とした顔を保ち、私は精一杯強がる。

リックさんとターニャさんの頑張りを見ている以上、私も軽々しく音を上げるなんてことはできない。黙々と顔には出さずに歩き続けている。

もっとも、ターニャさんの鑑定眼で診《み》られたら、痩せ我慢をしていることが分かってしまうだろうけど。

ターニャさんも私の気持ちを汲み取ってくれたのか、敢えて黙ってくれていた。

それにこういう山には大昔は魔物と呼ばれる化け物が出ていたと聞くけど、そういった時代はもっと大変だったのだろう。

ハードな登山もようやく半分くらいというところか。そんなことを考えている時、ふとレオン様は足を止めた。

「んっ？　何か物音がしなかったか？」

レオン様が山道を外れた場所にある、木々が生い茂った場所を凝視する。

私にもガサッという音が聞こえたような気がしたが、なんだろう？　もしかして、ライオネル殿下の追手だろうか。

もしくは、鹿や猪みたいな動物かもしれない。ここにそんな動物がいるかどうか分からないけど。ガサガサという音はどんどん迫ってきていた。

「これは人間でも、ましてや大型の動物でもないぞ」

青い炎を瞳に宿したターニャさんが、物音がする方向を一瞥すると、そんなことを言う。

人間でも動物でもない？

それなら一体、この物音は何が原因なのだろうか。

緊張感が押し寄せてきた。私たちは固唾《かたず》を呑んでその音のする方向を見つめる。

「まさか、魔物ですか？」

「魔物だと？ そんなものは何百年も前に絶滅したはずだが。しかし、ターニャが人外だと言っているのだ。間違いないか。エレシア、下がっていろ」

レオン様が私を守るように前に立つ。

魔物だとすると、早く逃げたほうがいいのかもしれない。

ふと横を見遣ると、ターニャさんは未だに鑑定眼を解いていなかった。彼女でもその正体を見極めるのに時間がかかっているのだろうか。

「おそらく、精霊や霊魂の類いのものだ。実体を持っている状態なのは珍しい」

「せ、精霊ですか？」

「え、エレシア様、ご覧になってください。あの奇怪な生き物が精霊なのでは？」

リックさんが指さした方向には、モコモコした水色の体毛に覆われた仔犬のような生き物が、小さな翼を使ってフワフワと羽ばたいていた。

なんて愛らしくて可愛らしい生き物なんだろう。

たしかに見た目がすでに不思議な存在で、今まで見たこともない生き物なので、精霊と言ってもあながち間違いではないのかもしれない。

しかし、空飛ぶ仔犬のような精霊は、疲れているのか弱っているのか、非常にゆっくりと低空飛行しており、不安そうな表情を浮かべていた。

何とか助けてあげることができればいいんだけど。ターニャさんなら、どうすればいいのか分かるだろうか。

「あれは単純にエネルギー不足だ。随分と長いこと食事を取っていないのだろう」

「さすがターニャさん。精霊の診断までできるのですね」

「しかし、ターニャよ。精霊が何を食すかなんて分からないだろう？」

「別に人間の食べものだって食べそうだぞ。体の中の構造はほとんど動物と変わらないし」

「あっ、私、パンなら持ってます。朝はちょっと食欲がなかったので」

私は荷物の中からパンを取り出して、精霊のもとにゆっくりと近づいて差し出した。食べてくれるだろうか。緊張する。

精霊は少しだけ後退《あとずさ》りしたが、匂いにつられたのかゆっくりと私に近づいてきた。

「クンクン、はむっ、モグモグ……」

精霊は匂いを嗅いだあと、すごい勢いでパンにかぶりついて、一瞬で全部食べてしまった。

水も飲むだろうか？　私はその精霊に水も差し出してみる。

あ、飲んでる。ちゃんと、美味しそうに水を飲んでいる。

お腹が膨れたことに満足したのか、仔犬のような精霊はひと息ついたようだ。

「それじゃあね」

私は精霊に手を振り、その場から離れようとするが、精霊は私の側を離れようとしなかった。

足早に進む私たちの隣で、きゅーん、と楽しそうに飛んでいる。

「元気になったのは結構だが、ついてくるとは」

「すっかりエレシア様に懐いたみたいだ」

「ふーむ。このまま連れていっても良いものか……」

「きゅ、きゅーん」

可愛いけど、登山に付き合わせて大丈夫だろうか。

「追い払うのも可哀想だし、構っている時間もない。このままついてくるなら好きにさせればいい」

レオン様はそう言って、精霊の同行を認めた。見れば嬉しそうに翼をパタパタさせている。私たちにとても可愛い、小さな仲間が増えた。


その後も私たちは、ペースを若干落としながらも山頂を目指して歩き続けた。傾斜もきつくなってきて、足取りがさらに重くなってきた。

「道のりが険しくなってきたな。エレシア、手を離すなよ」

「は、はい。でも、もうすぐ頂上ですね」

レオン様の手を握り、私はようやく見えてきた山頂を確認する。

麓《ふもと》よりもかなり気温は下がり、防寒着を身につけていても肌寒さを感じるようになった。

山頂が近づいているのが分かって、疲れは気にならなくなったけれど。

「〝エルル〟もまだついてきてるな。このまま上までくるんじゃないか?」

「きゅ、きゅ、きゅーーん」

羽が生えた仔犬のような精霊は、名無しじゃ呼びづらいからとレオン様が『エルル』と名づけた。

アーツブルグの言葉で『神秘的』という意味らしい。可愛らしい名前で私は気に入っている。

エルルは長い道のりをずっと楽しそうについてきた。もしかしたらこの様子だと、王都まで一緒に、ということになりそうだ。

そうなったら嬉しいけど、エルルを危険に巻きこまないように何か策を考えなくては。

「無事に聖竜のもとへと辿り着けそうですな」

「しかし、血の契約で聖竜を使役できるのはたったの三日間のみ。王都に戻ってからが本当の戦いとなるが」

無事に王都に到着しても、結婚の儀式まではまだ時間がある。

それにライオネル殿下も賭けを諦めないだろうし、エドワード殿下の真意も掴めていない。そう考えると、戻ってからも厳しい状況が続くことは容易に想像ができる。

やはりこのまま王都に戻るのはかなりリスクがありそうだ。

「まぁ、何とか生き延びるしかない。いざとなれば、おばば様の力を借りる……」

「おばば様？　ターニャさんのお祖母様、ですか？」

「イリーナのことだよ。ターニャはイリーナの孫なんだ。幼いころに鑑定眼に目覚めてから祖母のもとで修行を積んでいるから、一番弟子だといわれている。イリーナが引退すればターニャが宮廷鑑定士を継ぐだろう」

とても驚いた……あのイリーナさんに孫がいることに。

よくよく考えてみれば、彼女はかなりお年を召されているらしいので不思議ではないのだけれど、見た目が私よりも若いから、ターニャさんの祖母というイメージが湧かなかったのだ。

でも、ターニャさんの優秀さを考えたら納得してしまう。

「どうした？　ターニャの祖母がイリーナだということがそんなに意外だったか？」

「あの若作りに孫がいたら誰だって驚く……」

「ターニャ、そんなことを言ってるとイリーナ殿に仕置きを受けることになるぞ」

私はまだまだ知らないことだらけだ。

知り合ってまだそんなに時間が経っていないから当たり前だけど、もっと皆さんのことを知りたいと思った。

王都に戻って面倒ごとをすべて解決したら、レオン様たちともっとたくさん関わっていきたい。

食事をしたり、買い物に出かけたりして、同じ時を過ごすことで。

◆

「よし！　ようやく、頂上だな」

「きゅ〜ん♪　きゅ、きゅ〜ん♪」

頂上に辿り着いた時、エルルの機嫌がさらに急上昇した。まるで故郷《ふるさと》に帰ってきたかのような。そんな浮かれ様である。

私たちは登山の途中でライオネル殿下の兵士に邪魔されることもなく、無事に登頂できたので安堵していた。

予定を前倒しして、急いでここに来た甲斐があった。あの時の判断のおかげで登山中にライオネル殿下の兵士たちに遭遇しなかったのは大きい。

なんせ、私たちの疲労はものすごい。こんなに高い山に登ることはもう二度とないかもしれない。

それに、このような状況でさらに追手との戦いが始まったら、と考えるとゾッとしてしまう。

　頂上には古びた山小屋と、御神石碑《ごしんせきひ》として祀られている大きな岩があった。なんだか神聖な雰囲気の場所だ。

「ここに伝説の守護聖獣のうちの一体、聖竜がいるということですね」

「そのとおりだ。私の血を使って聖竜と契約する。聖獣たちは代々アーツブルグ王家の人間と契約を交わし、守護してくれていたのだ」

　レオン様は御札のようなものを取り出して、指にナイフで切り傷をつけて血を三滴ほど染みこませる。

　そして、その御札を御神石碑《ごしんせきひ》に押しつけて目を瞑った。

「うっ、あ、頭が……。ううっ……」

「れ、レオン様？　どこか痛むのですか？」

「エレシア様、大丈夫だ。あれは血を吸った御札を介して聖獣と会話をしているのだ。殿下の身に危険はない」

「しかし、我々も血の契約自体は初めて見ます。ですから何が起こるかは分かりません。とにかく、身構えておきましょう」

　レオン様は御札に触れていないほうの手で頭を押さえて、うめき声を上げている。

何やらとても苦しそうに見える。ターニャさん曰く聖獣と会話をしているらしいけど、それほど軽いものにも見えず、やはり心配になってしまう。

リックさんも、何が起こっても大丈夫なように身構えるくらいはしておこう、と剣の柄に手を這わせて、じっとレオン様を見つめていた。

「私は……私は、エレシアを守りたい。力を貸したまえ！　聖竜よ！」

突然、レオン様が目を見開いて大きな声で聖竜に力を貸すように求めた。

すると、御神石《ごしんせき》はアンネリーゼさんが身に纏《まと》っていたような光を放ち始めた。

ま、眩しい。まるで太陽のように強い光を放っている御神石《ごしんせき》に、それだけで神々《こうごう》しさを感じた。

『グオオオオンッッ！』

大気が震えるような咆哮が辺りに響き渡る。

まるで天災が起きる前兆かのように、空がセピア色に染まる。

そのセピア色の空が割れて、御神石《ごしんせき》と同様に輝く光の球体がこちらに猛スピードで向かってきた。

間違いない。あの光の球体の正体こそ聖竜だ。

レオン様は血の契約を成功させたのだ！

『……アーツブルグの血を引く者よ、汝の血の契約によって我を使役することを許そう』

目の前には薄い水色の体毛に覆われた竜が羽ばたいていた。

その瞳は黄金眼を使用しているターニャさんに似たような琥珀色で、頭髪はリックさんの持つ聖剣デュランダルに似た金色でも銀色でもない不思議な輝きを放っている。

頭の中に直接語りかけてくるような聖竜の声は威厳に満ちている。

これがアーツブルグの守護聖獣の中の一体、聖竜か。

とてもこの世のものとは思えないその姿に、思わず圧倒されてしまう。私たちはいつの間にか死後の世界に行ってしまったのかと錯覚するほどだった。

「聖竜よ！　アーツブルグ王国、第三王子レオン・アーツブルグが命じる！　我ら四人を王都へと連れていくのだ！」

『容易《たやす》いことだ』

聖竜は高度を下げて私たちが乗りやすい高さに留まる。

乗っても大丈夫なのだろうか？　ちょっと怖い気もするけど。

それにしても、なんて大きくて威厳に満ちているんだろう。私はその美しく神々《こうごう》しい姿に見惚れていた。

「エレシア、私の手に掴まって。ほら、大丈夫だから」

「あ、はい。すみません。ボーッとしてしまいました」

私はレオン様の手を掴み聖竜の背中に乗る。思ったよりも柔らかく、座ると存外安定感がある。

この羽毛のような手触りのおかげで、とても快適な乗り心地を実現させているような気がする。

……しかしながら、この手触りには心当たりがある。だって、この羽毛のような感触はさっきこの子が……

「きゅん、きゅ、きゅ～～♪」

「どうやらエルルの正体は聖竜の幼体らしいな。体の構造がそっくりだ……」

ターニャさんは得意の鑑定眼でエルルの体と聖竜の体を見比べたみたいだ。そう。この触り心地はエルルの体毛とまったく同じものなのだ。

たしかに、出会った時からエルルのことを不思議な生き物だと思っていたけど、まさか聖竜の子供のような存在だったとは思いもよらなかった。

「当たり前のようにエルルも聖竜に乗っているが、王都に連れていっても大丈夫なのか？」

「ふわぁ……私が知るか……水と餌を与えれば問題ないんじゃないか？」

「聖竜の幼体だぞ。犬や猫じゃあるまいし、そんないい加減なこと」

「似たようなもんだろう。聖竜も犬も猫も……ふわぁ」

リックさんは彼の肩の上で涼しそうに風を感じているエルルについて言及したが、今さら置いていく訳にもいかないし、ターニャさんが診《み》て大丈夫だと言っているのだから、大丈夫だと信じたい。

しかしこのまま王都に戻るとなると、かなり派手な到着になりそうだ。大きな竜が上空に現れるだけで大騒ぎになりそうである。

それに約束の日付まで、まだかなり時間がある。

「聖竜がいるうちにすべての勝負をつけよう。ライオネル兄様の私兵団はほとんど出払っていて、ゼノンもジークフリートも不在。この機を狙わない訳にはいかない。我々がライオネル兄様の身柄を確保してしまうんだ」

なるほど。ライオネル殿下の私兵団は、そのほとんどが王都から離れていたはず。

その上、団長と副団長はリックさんとターニャさんによって倒された。つまり王都にいるライオネル殿下の警備は極めて手薄になっているに違いない。

今乗っている聖竜のスピードなら、ライオネル殿下の私兵団の残りが王都に戻るよりも早く着くので、急いでライオネル殿下の身柄を確保してしまえば、エドワード殿下の勝利が確定する計算になるのだ。

しかしながら、一つだけ問題がある。

ライオネル殿下には強力な味方——催眠術と人質によって彼に操られている聖女——がいるのだ。

彼女の強さは嫌というほど思い知っている。

ライオネル殿下がゼノンやジークフリートを惜しみなく派遣したのは、彼女の存在が大きかったからだ。

「問題は、ライオネル兄様を狙おうとすれば、アンネリーゼが立ちはだかるのは目に見えていること」

「だからこそ、アンネリーゼさんにかけられた催眠術を解かなくてはなりませんよね？」

神に等しい力を持つ聖女、アンネリーゼさん。

聖剣デュランダルや黄金眼などという、人間離れした武器を持つお二人と比較しても規格外と言っていいほどの魔法の使い手だった。

正直に言って、彼女を振り切ってライオネル殿下のもとに辿り着くビジョンが浮かばない。つまり、彼女にかかった催眠術を解くこと以外に私たちに勝機はないのだ。

「そのとおりだ。目的を達成するためにはアンネリーゼを無力化する必要がある」

「おばば様の力を借りるのだろう？」

「うむ。その予定でここまで来た。アンネリーゼの催眠状態を解く方法だけでなく、戦力としても期待したいところだ。巻きこむのは気が重いがな」

「それでは、予定どおり王都の外れにあるイリーナ殿の屋敷に向かいましょうぞ」

こうして私たちは、宮廷鑑定士にしてターニャさんの師匠であり、世界でも有数の魔法使いとして知られるイリーナさんを味方につけるべく、彼女の家へと向かうこととなった。

聖竜は凄まじい速度で空を飛び、私たちの眼下には王都の姿がうっすらと見え始める。

やがて豆粒ほどだった都が大きくなり、私たちはようやく王都に戻ってこれた。

それにしても、そんなに日が空いていないにもかかわらず、随分と長い年月が経ったような気がする。

でもそんな感傷に浸っている場合ではない。

——私たちの最後の戦いがスタートした。

◆

「ゲホッ、ゲホッ、はぁ、はぁ……」

「ふふふ、やはりゼノンさんとジークフリートさんは負けてしまわれたみたいですよ。エレシア様が猛スピードで王都に向かってきています。残念でしたわね」

「ほう。ジークフリートはともかくゼノンが殺られるとは。もしやリックのやつ、聖剣デュランダルでも手にしたのかな」

もう何度目でしょうか。

アンネリーゼの怪しげな術で血を抜かれて、そのたびに体力がゴソッとなくなるような感覚がして気を失いそうになります。

ライオネル殿下は本当にわたくしの命なんて何とも思っていない。もう何日もろくに食事を取ってませんし、人間として扱われていません。

カインめ、よくもわたくしをこんなところに売るような真似をしましたね。

アンネリーゼもライオネル殿下も許しません。

死んだら呪ってやりますから。

わたくしは何もかもが許せませんでした。それもこれも、エレシアお姉様がレオン様と関わったせいです。

あの人の妹であるがゆえにわたくしは不幸になりました。ああ、死にたくないです。どうして、わたくしがこんなに酷い目に遭わなくてはならないのでしょうか。

「こちらに向かってきているということは。レオン兄様の狙いはどう考えましてもライオネル殿下、あなたを倒すことです」

「うむ。お前の言うとおり、間違いなく余の身柄の確保だろうな。余の私兵団のほとんどをゼルバトス神山に送っておるし、守りが手薄になっている今、兄上の勝利を確定させるために余の動きを封じようとするのは理に適っている」

エレシアお姉様がこっちに向かっているですって？

上手くいけば、わたくしを助けてくれるかもしれません。

さっきまでお姉様が不幸になればいいと思っていましたが、こんなところで死ぬくらいでしたら、お姉様の無事を祈ったほうがマシです。

こいつら、本当に許せない。よくもわたくしにこんな苦しみを与えてくれましたね。

エレシアお姉様、早くわたくしを助けに来てください。

グズグズしていたら呪いますよ。すべてを優先してわたくしを助けるのです。

「守りが手薄にですか。ふふっ、ライオネル殿下は随分と余裕なんですね。私兵団がここにはいないということは、もはやあなたを守る人間はいない。そろそろあなたの負け顔が見られると思うと、わたくし、胸が高鳴る気分です」

「相変わらず、不遜な態度だのう。たしかにゼノンとジークフリートは余の側近の中でも屈指の腕利きであるが。余にはお前という最強のカードが残っているではないか」

「その切り札が卑怯な手を使って言いなりにしている女一人とは、随分と情けない支配者もいたものです。あなたは所詮、その程度の人ですわ。王になりたいなど、笑わさないでくださいますか」

操られているというのに、このアンネリーゼという女は余裕の表情を崩しません。

神の力が宿っているから輝いていると聞いていますが、その輝きが一層増して眩しく見えます。

ライオネル殿下は彼女に言いたい放題言われて、さすがにムッとした表情をしていました。

この方が小物っぽいことは同意します。わたくしのような可憐な人間の命を粗末に扱うのですから。

「……ふん。減らず口は相変わらずだな。だが余の勝利のために、レオンとエレシアを捻り潰してもらうぞ。楽しみだ。お前があいつらを処分しても、その余裕そうな表情を崩さずにいることができるのか」

「そうですわね。わたくしも興味があります。アテが外れた時、あなたがどんな間抜け面を見せてくれるのか」

「あいにくだな。余は負けぬ。余は生まれながらの勝利者なのだから」

「嫌ですわ。ライオネル殿下……。負けた時に無様になるようなセリフを次から次へと。ふふっ、あなたは王様よりもコメディアンのほうが向いていましてよ」

アンネリーゼはライオネル殿下のことを嘲笑《あざわら》っている。

この人はよくもまぁ、こんなにもライオネル殿下を煽ることができますね。

お姉様がわたくしを助けるためには、この方を退けなくてはいけないのですか。果たしてそれは可能なんでしょうかね。

「アンネリーゼ、戯言《ざれごと》は終わりだ。レオンたちがこちらに着くのにかかる時間を測れ」

「それは構いませんが、そろそろレナ様の体も限界ですよ」

「構わん。どうせ、やつらが王都に着いたらそいつは用済みだ」

このドS王子め。わたくしの命をゴミみたいに扱って。

あれをもう一度されたら、血をこれ以上抜かれたら、本当にわたくしは死んでしまいます。

こんな人生望んでいなかったのに。

エレシアお姉様よりもほんの少しだけ幸せなら満足しましたのに。

お姉様がよりによって王子に見初《みそ》められるなんて。

ファルマン様から求婚された時ですら嫉妬で狂いそうになりましたのに、あの人ったら。

わたくしは満足できなくなってしまいました。

普通の幸せでは渇きは潤わないのです。

だから、こうしてはるばるアーツブルグまで来て、わたくしに相応《ふさわ》しい人生を手にしようとしてしまいました。

エレシアお姉様が悪いのです。全部、全部、全部お姉様のせいです。お姉様がわたくしから幸せを掠《かす》めとるから。

「レナ様ったら、この期《ご》に及んで自らの行《おこな》いを悔いるどころかエレシア様をお恨みになるなんて。あなたって可愛い顔に似合わず、性格がお悪いのですね」

この女、わたくしの心を読んだのかしら。

わたくしは省みるなんてことはしません。そんなことをしたら、わたくしはお姉様に負けたと認めることになってしまいます。

「そこまでエレシア様を恨んで、どうするのですか？　肉親なんですよね？　愛情はありませんの？」

肉親だからこそ憎悪しているのですよ。そうですね。エレシアお姉様が他人ならこんなにも憎むなんてことはしませんでしたよ。

エレシアお姉様は昔からなんでもできて、頭も良くて、わたくしの欲しいものを全部手に入れていました。

何年も、いや生まれてから二十年以上、ずーっとわたくしはあの人への劣等感を抱えて生きてきたのです。

そして、人生が終わるこの瞬間もあの人が絡んでいるのですから、恨んで当然でしょう。

「無駄話はいいから、早く術を使え。アンネリーゼよ」

「これは失礼をいたしました。レナ・ベルモンド様、わたくしのことをどうかお恨みください。あなたのことは忘れませんわ」

ライオネル殿下の命令を受けたアンネリーゼは、容赦なくわたくしから血液を抜き取っていきます。

無念、です。本当に、悔しくて仕方ありません……

なんで、わたくしだけが……、こんなことに……

呪って……、やりますから、ね。何もかも……、全部……全部、エレシアお姉様の——!!

◇第五章『最高の明日のために』

「聖竜よ、あの屋敷の敷地内に着地してくれ」

レオン様の指示のもと、聖竜はイリーナさんの屋敷の庭に着地した。

宮廷鑑定士である彼女の邸宅は私の実家よりも大きくて、アーツブルグ王族がいかに彼女を重宝しているのかが窺い知れた。

一目見ただけで、その人のすべてを知ることができる能力の持ち主なんて、この大陸広しといえども彼女しかいないのだから当然なのだろうけれど。

「私はここで待っている。聖竜をそのまま置いておく訳にはいくまい」

「イリーナさんに会いたくないのですか？」

「ターニャはイリーナ殿に随分としごかれていますからな。彼女が畏怖している数少ない存在なのです」

レオン様を目の前にしても、もの怖じしないターニャさんが恐れているなんて。

イリーナさんによる修行はよほど過酷だったということだろうか。

私の印象で優しそうで気さくな方だったけれど、肉親には厳しい方なのかもしれない。

「ターニャ、そう言うな。聖竜なら大丈夫だから久しぶりに会ってやれ。きっと、心配してるぞ」

「絶対にそんなデリケートな感情を持ち合わせていない……」

イリーナさんのもとを訪ねることを拒むターニャさんだったが、レオン様の説得の甲斐あって共に訪問することになった。

彼女に会うのは入国時に健康診断を受けて以来だけれど、妹のレナが狼藉《ろうぜき》を働いた件について謝罪をしなくては。

許してもらえるだろうか。ただ許してもらえないと決めつけて、謝らない訳にもいかない。

「それでは、行くぞ」

私たちはイリーナさんの屋敷の門の中に足を踏み入れた。レオン様は側を通りかかった彼女の使用人らしき男性に話しかけて、面会させてほしいと頼む。

ほどなくして、私たちは応接室に案内され並べられたソファーへと座ると、まもなくイリーナさんが姿を現した。

「あらあら、レオン殿下。いらっしゃぁい。もうすぐ来るころだと思っていましたわぁ。

どうぞ、こちらに」

彼女はニコニコと笑みを浮かべて、私たちの目の前に座った。

相変わらず若々しい方だ。見た目は二十歳前後にしか見えないのにターニャさんのお祖母様だなんて、やっぱり信じられない。

それにしても、どうして私たちが来ることが分かったのだろうか。

まるで事前に私たちが来ることを知っていたような口ぶりに、レオン様も驚いているようだ。

「よく、私が来ることが分かったたな」

「うふふ、私はなんでもお見通しですわぁ、聖竜の気配を感じたからぁ。きっと殿下が血の契約を使われたのかと。ライオネル殿下と鬼ごっこをしているみたいでしたので」

聖竜の気配を感じたってそんなこと可能なのだろうか。ここからゼルバトス神山までの距離って相当離れているんだけれど。

やはりターニャさんやアンネリーゼさんが師事していただけあって、イリーナさんはすごい方みたいだ。

ここにきて頼もしい味方ができそうで、私はホッとする。

「率直に言う。イリーナ、私を助けてくれないか？　エレシアと結婚するためにあなたの力が必要なのだ」

「そう仰《おつしや》ると思っておりましたわぁ。私もお二人のお子様を鑑定するという目標がありますからぁ。微力ながらぁ、レオン殿下の力になりましょう。どういう事情なのかぁ、安心してお話しくださいな」

微笑みながらイリーナさんはレオン様の力になると言ってくれた。

事情も聞かずに助けると言ってくれるなんて、彼女とレオン様の絆はそれほど深いのだろう。

レオン様も彼女に全幅の信頼を寄せているみたいだし、頼もしい限りだ。

「あ、あの。その前にイリーナさん。私の妹のレナがあなたに暴力を振るったと聞きました。しかも未だに逃亡しているとも。決して許されることではないと思いますが、謝罪させてください」

私はイリーナさんに頭を下げて謝罪した。妹が犯したこととはいえ、血の繋がりのある家族として、ケジメはきちんとつけないといけないから。

本当にレナはなんてことをしてしまったのか。

「ああ、あの偽装妊娠のお嬢ちゃんねぇ。エレシア様の妹だということは一目で分かったんだけどぉ。それで手加減して逃しちゃったのは不覚よねぇ。責任はベルモンド家の皆様に取ってもらってるからぁ。気にしなくていいわよぉ」

「いえ、そういう訳には……」

「本当にいいのよぉ。私が普通の人間に傷を負わされるなんてあり得ないしぃ。何より、私がエレシア様を気に入っているんだからぁ」

イリーナさんは気にしなくていいと言っているが、私としては気が済まない。

しかし、このまま謝罪をし続けても状況が状況なので、今は彼女の気遣いに甘えることにした。今度何かしらお土産やお菓子でも持っていこう。

「お気遣いいただき、ありがとうございます。この埋め合わせを必ずできるように努めます」

「エレシア、イリーナもそう言っていることだし、そこまで気にしなくていい。それより、今の私たちの状況だが――」

私の謝罪が終わったところで、レオン様はエドワード殿下とライオネル殿下の賭けの話から、私たちが王都から逃亡した話までをイリーナさんに伝えた。

アンネリーゼさんが家族を人質に取られた上に、催眠術をかけられて私たちの命を狙ったことも含めて。

話せば話すほど私たちの立場が危ういことが伝わるが、彼女はどのようなリアクションを取るだろうか。

もはや関わりたくないと言われても仕方ないくらいのことなのだけど。

「大方、予想どおりだったわぁ。ライオネル殿下が血眼になってレオン殿下やエレシア様を捜している理由も含めて」

「アンネリーゼがライオネル兄様を守っているはずなんだ。イリーナ、彼女を足止めすることはできるか？」

「あの方には力じゃあ勝てませんねぇ。全盛期ならいざ知らず、さすがの私も年齢には抗《あらが》えませんからぁ」

イリーナさんはお手上げのポーズを取った。

彼女も大きな魔力を持っているのは間違いないが、アンネリーゼさんは規格外すぎる。人智を超えた力を持つあの方を止められる人間なんて、存在するのかどうかすら怪しい。

「だからこそぉ、私のところに来たんでしょう？」

「ああ、アンネリーゼの催眠状態を解く方法を知りたい」

「やはりそうですかぁ。とぉっても難しいですが、ありますよ。催眠術を解く方法」

良かった！　アンネリーゼさんの催眠状態を解く方法はあるんだ。

さすがは宮廷鑑定士のイリーナさん。レオン様の期待どおりの返答だ。

「イリーナさん。教えてください。どうやったら、アンネリーゼさんの催眠状態を解くことができるのですか？」

「あらあら、前よりも随分とエレシア様は逞《たくま》しくなったじゃない。催眠術を解くこと自体は簡単なのです。それをかけた術者。つまりライオネル殿下に解いてもらえば良いのですよぉ」

「しかし、イリーナさん。話は戻りますが、ライオネル殿下に近づくにはアンネリーゼさんが……」

そう、ライオネル殿下は鉄壁だ。なぜならアンネリーゼさんが彼を守っているから。

彼は彼女にすべてを優先して自分を守るように、と命令していることだろう。

「アンネリーゼ様に対抗するのは無理かもしれないけど、一瞬の隙くらい作れなくてどうするのですかぁ？」

「イリーナ殿、一瞬の隙と言いますが、ライオネル殿下のかけたであろう催眠術というのはその一瞬の時間で解けるものなのですかな」

リックさんは、イリーナさんが確信をもって述べていることに疑問を呈する。

私も違和感があったが、何か根拠はあるのだろうか。

「そりゃあ解けますよぉ。あの子にかけられた催眠術を教えたのは私だものぉ。アンネリーゼ様は自分の力をコントロールするために、自らに催眠術をかけてセーブしていたことがあったのよぉ」

「催眠術で力のセーブですって⁉」

なるほどたしかに、一つ間違ったら町一つが潰れてしまいそうなくらい大きな力をアンネリーゼさんは持っている。

彼女が力をコントロールできなかった時期がある、という話は聞いていたけど、そうやって封じこめていたのか。

「ライオネル殿下が使った術もおそらくは同じもの。それだけは彼女も他の術と比べてかかりやすくなっているからぁ」

「なるほど、ライオネル兄様はそれを知っていて、アンネリーゼにその催眠術を施したのか」

「そう考えるのが自然ですねぇ。ですからぁ、私なら解き方が分かるのですよぉ」

アンネリーゼさんに施した催眠術について詳しいというイリーナさん。

それなら一時的に足止めして、その間にライオネル殿下のもとに行けさえすれば、アンネリーゼさんにかけられた催眠術も解除できるし、ライオネル殿下を拘束することも可能かもしれない。

「アンネリーゼ様の催眠状態さえ解くことができればぁ。ライオネル殿下を守る者は誰もいない。万事解決という訳ですわぁ」

「ああ、そうだな。リック、ターニャ、全力でイリーナを援護しろ。アンネリーゼはなるべく傷つけたくないが……」

レオン様はアンネリーゼさんと戦うことについて思うところがあるみたいだ。

当たり前だ。彼女は彼の幼馴染《おさななじみ》だし、非道なライオネル殿下に操られている被害者なのだから。

そんな彼女が傷つくことを許せるようなレオン様ではない。

私だってアンネリーゼさんが傷つくなんて嫌だ。彼女の魔力のおかげで助けられているし、危険を顧みずに忠告してくれた彼女には大きな恩がある。

レオン様の心の内は知れているのだろう。

強大な力を持つアンネリーゼさんを傷つけずに隙を作る。そんなことは至難の業のはずだ。

「レオン殿下、私はアンネリーゼ様を傷つけるつもりはありませぬ。そうせずとも上手くイリーナ殿を援護してみせます」

「あいつは気に食わないやつだが、妹弟子だ。少しくらい加減してやる」

リックさんもターニャさんも、そんなことは百も承知のはずなのに敢えて不可能に挑戦する、そんな二人の心意気に私は畏敬の念を覚えていた。

「まったくあなたたちったら、甘いんだからぁ。でもぉ、そういうのは嫌いじゃないわぁ。私にとってもアンネリーゼ様は可愛い弟子の一人ですからぁ。なるべく怪我だけはさせないように努力しますわぁ」

イリーナさんも二人に同意して、無事に彼女の催眠術が解除されるように戦うと言ってくれた。

やはりイリーナさんは優しい方だ。それだけにレナのしたことが悔やまれる。

あの子は今、一体どこで何をしているのだろうか。

「アンネリーゼ様を救出して、ライオネル殿下を拘束できれば、これでようやくすべてが終わりますな。いえ、もちろんそれが難しいということは承知しておりますが」

「あらぁ、それはどうかしらぁ？　ライオネル殿下は前座だと私は認識しておりますけどぉ」

「えっ⁉」

リックさんの発言に対して、イリーナさんは衝撃の一言を発する。

ライオネル殿下が前座ってどういうこと？　私も彼から逃れることさえできれば大丈

夫だと思っていたんだけど。

再び、私たちの間に不穏な空気が流れる。

「エドワード兄様のこと、何か知っているのか？　イリーナよ」

レオン様はここにきてエドワード殿下の名前を口にした。

そうだった。エドワード殿下がいた。

私たちに賭けの話をして以来、特にこれといったアクションも起こさず不気味だと思っていたけど。

そういえば、エドワード殿下には真の目的って何かあったのだろうか。

「ええ、賭けの話を聞いて確信したわぁ。すべての黒幕はエドワード殿下よぉ。あの方は賭けに勝つことを目標にはしていない。エドワード殿下の目的はライオネル殿下を賭けに没頭させることよぉ」

「やはり、エドワード兄様は私たちの結婚を利用して何か別のことを……」

レオン様は、エドワード殿下が賭けに勝つ気がないことをずっと疑っていた。

イリーナさんの話しぶりだと、ライオネル殿下に賭けを持ちかけて私たちを追わせることで、エドワード殿下が別の何かを成そうとしているように聞こえる。

それは、この国の王になることよりも大きなことなのだろうか。

どんなことなのか想像もつかないが、きっとそうなんだろう。

「エドワード殿下は最初から賭けなんか成立させる気はないのよぉ。だって、この国の根幹から壊してすべてを手に入れようと企《たくら》んでいるんだもの」

「ど、どういうことだ？　イリーナ、何を知っているのだ？」

「エドワード殿下は何を企《たくら》んでいるのですか？」

イリーナさんの言葉にレオン様とリックさんは口々に彼女に質問する。

私たちがトラブルに巻きこまれ続けていた理由がようやく明らかになろうとしていた。命を狙われるようになった原因である二人の王子の賭け。

エドワード殿下はなぜそんな賭けを持ちかけたのか、その謎が。

私たちはイリーナさんに視線を集中させる。

「ライオネル殿下が何の疑いもなく賭けに参加しているってことはぁ、おそらく二人は『死神の契約』を交わしてるはずよぉ。簡単に言えば嘘をついたら死んじゃう契約ってことねぇ」

聞いたところによると『死神の契約』とは、絶対に賭けを成立させ、逃がさないための誓約みたいなものらしい。

どうやら二人が交わした約束には命が賭けられているみたいだ。

命を差し出すような契約をしているからこそ、ライオネル殿下も安心して賭けに没頭できているとイリーナさんは読み、この推測を話した。

私たちもそれには納得する。実際にそのとおりになっているから。

ライオネル殿下は私たちの命を全力で狙い、エドワード殿下は高みの見物を決めており、特に何もアクションを起こしていない。

「で、本来ならぁ。エドワード殿下は全力でレオン殿下をサポートすべきよね。賭けに勝つつもりがあるならぁ」

「そうだ。だが、エドワード兄様は驚くほど私に非協力的だった。その理由を探らせていたのだが、途中からライオネル兄様から逃げることで精一杯になってしまってな」

「レオン殿下が上手く逃げてくれたからだと思うわぁ。もうちょっと劣勢だったならば手助けしたかもしれない。エドワード殿下の狙いは二人の目を王都から逸らすことだったからぁ」

あの日、レオン様は真っ先に逃げの一手を打った。

王都に留まりライオネル殿下の兵士団を前にすると多勢に無勢だと判断したからだ。アンネリーゼさんが私にそうするよう忠告したのも、ライオネル殿下の本気具合を知ったからだろう。

イリーナさんはそれこそがエドワード殿下の狙いだと言った。

たしかに私たちが王都から飛び出したあとに、ライオネル殿下の大捜索が始まった。

私たちが王都から目を逸らした隙に、エドワード殿下は一体、何をしようとしていたのか。

この状況がエドワード殿下の狙いどおりというのなら、なんて周到で恐ろしい方なのだろう。

「レオン殿下とライオネル殿下は追いかけっこ、国王陛下は結婚式の準備を進めている。この状況はエドワード殿下にとって非常に動きやすくなっているのぉ」

「それで、エドワード兄様は何を？」

「私もぉ、魔力の揺らぎを感知しているだけでぇ、誰が企《たくら》んでいたのか今まで分からなかったんだけどぉ。間違いないわぁ、エドワード殿下は大規模な『血の契約』を行《おこな》おうとしているのぉ。すなわち、王都に四体の守護聖獣すべてを結集させるつもりよぉ」

エドワード殿下の目的が、王都での大規模な『血の契約』？

……よく分からない。

『血の契約』はゼルバトス神山のように聖獣が眠っている場所に行かなくてはならないはず。だから、レオン様もわざわざゼルバトス神山に登ろうと提案したんだし。王都でそれが可能ならば私たちはいらない苦労をしたということになる。

それに『血の契約』は生涯で一回きりと聞いている。

その前提で考えると、四体の聖獣と契約なんて無理なのではないか。

「アーツブルグ王族の『血の契約』。たしかにそれ自体は生涯に一度しか結べないけどぉ。でも一度に四体まとめて契約することは可能よぉ。聖獣が同じ場所に集まればねぇ」

「しかし、私たちは聖獣の居場所がどこなのかは教えられているが、それを同じ場所に集める方法など知らない。だから、ついさきほどもゼルバトス神山で聖竜と契約を結んだところだからな。契約なしで聖竜を呼び出せるのなら、こんな苦労はしなかった」

四体の聖獣を同じ場所に集めれば、一度の契約で四体すべてと『血の契約』を結べるという理屈は何となく分かった。

しかし、もちろんだけど、レオン様は四体を集める方法など知らない様子。

つまり、エドワード殿下だけが知っている方法ということだが、彼の目的である国家の根幹から崩すという話にどう繋がるのだろう。

「非常に荒っぽいやり方だからぁ、殿下たちが知らないのは無理もないわ。大人数の生贄と多大なる魔力が必要ですからぁ。エドワード殿下の目的は、おそらくクーデターねぇ。北のデルアーク帝国との軍事同盟を推進していたけどぉ、陛下に止められて不満を募らせていたみたいですからぁ。この国を手っ取り早く手に入れて、聖獣の力を利用して、領地を広げようと考えてるのではないでしょうかぁ」

——エドワード殿下がクーデターを企《くわだ》てている？

たしかに聖竜のような聖獣があと三体もいたら、可能かもしれない。

だから、他の王子や陛下に悟らせないために水面下で準備をしていたというのだろうか。

私たちはライオネル殿下から逃げきることができればいい、とだけ考えていたので、この話はかなりショックだった。

「エドワード兄様がクーデター？　過激な発言は多かったし、軍事の増強や同盟を推進してはいたが、そこまで考えていたとは。それに……エレシアとの結婚をそれに利用するなんて！」

「そんな目的のためにこのような賭けを……」

レオン様はイリーナさんの推測を聞いて愕然とした表情を隠さない。私も自分たちの結婚をこのようなことに利用されたことも含めて失望してしまう。

あまりにも酷すぎる。ライオネル殿下も許せないことをしているけど、これ以上エドワード殿下を放っておく訳にはいかない。

「レオン殿下、これはあくまでもイリーナ殿の推測です。まだ、そうと決まった訳じゃありませぬ」

「おばば様は適当な推測は述べない……。賭けの話を聞いてようやく確信が持てたからこそ話したのだろう」

リックさんはイリーナさんの推測にすぎないと宥《なだ》めようとするが、ターニャさんが首を横に振りそれを否定した。

話が飛躍しすぎているが、イリーナさんが確信なしでこのようなことを話す人ではないということから、信憑性がある話なのは間違いないようだ。

「レオン様、エドワード殿下を止めましょう。それができるのはレオン様だけです！」

「エレシア……、あなたは強いな。この状況に少しも動じていない。もちろん、私はそのつもりだ」

「レオン様、いい方を連れて帰られましたな。ライオネル殿下、エドワード殿下、二人の野望を止めるのは簡単ではありませぬが、このリック、力を尽くしてレオン殿下をお守りします」

イリーナさんが話し終えて数分後、沈黙を破るかのようにレオン様は決意を固めた。

そして、リックさんも立ち上がり、腕をまくって筋肉を強調しながら頼もしい言葉を述べる。

もはや、私たちの結婚どころではなく、アーツブルグ王国全体を巻きこんだ一大事となっている。

まずは、国王陛下にクーデターの話をお伝えして、ライオネル殿下たちとの諍《いさか》いを止めることから始めるべきだ。

「ふと思ったのですが、ライオネル殿下も騙されていたことを知れば、休戦に応じてくれるかもしれませんよ」

「うむ、アンネリーゼの催眠状態さえ元に戻すことができればいいんだがな。彼女が味方になるのとならないのでは戦力が違う……」

そうなのだ。まず、私たちが成すべきことはターニャさんの言うとおりアンネリーゼさんの催眠状態を解除すること。

あの方と対立している状況こそ、今の私たちにとって最も大きな難題なのだから。

逆に彼女が味方になってくれさえすれば、誰よりも頼りになるのは間違いないだろう。

「アンネリーゼ様と一戦交えるならぁ、私も命を張らないと容易ではないからぁ。覚悟ってやつを決めなきゃならないわねぇ」

「イリーナ殿が命を……」

アンネリーゼさんの催眠状態を解くために、イリーナさんも命懸けで臨むとのこと。三人とも彼女を傷つけまいと思って戦うからこそなんだろうけど、アンネリーゼさんはそうじゃない。

ルナセイラで見せた力のさらに二倍の魔力を振るうのだ。想像したくないけど……

「すまないな。イリーナ、あなたに相談しに来ておいて言うことではないかもしれないが、苦労をかける。私にもっと力があれば良かったのだが」

「いえいえ、王族に仕える者としてエドワード殿下のことを見過ごす訳にはいかないですからぁ。どちらにしろ、私はアンネリーゼ様を止めるつもりでしたわぁ。あの方に対抗できる人間はこの国に私くらいしかいませんからぁ」

イリーナさんはレオン様の謝罪を受け流すと、目を閉じた。

すると、彼女の全身が黄金の光に覆われて、眩いほどに輝く。

ターニャさんの黄金眼の光が全身から放出しているような、そんな感じだ。この方もアンネリーゼさんに負けず劣らず人ならざる力を持っているのだろう。

イリーナさんを頼って良かった。今の状況を逆転させるには彼女の力は絶対に必要だ。

「アンネリーゼはライオネル兄様と共にいるだろう。私も同行する」

レオン様はさすがだ。もう覚悟を決めている。

この状況でも落ち着いていた。やるべきことを成すことだけに集中して、冷静だった。

「私の使用人たちからぁ、国王陛下に現在の状況を伝えさせましょう。私の弟子で優秀な魔術師たちですからぁ。レオン殿下、お手数ですが書状を一筆お願いできませんかぁ？」

「もちろんだ。すぐに用意をしよう」

話が大きくなってしまったが、やることは変わっていない。

まずはこの馬鹿げた賭けを終わらせる。それは絶対に成し遂げる。

私たちは互いに顔を見合わせて頷《うなず》くと、ライオネル殿下のもとへと急いだ。


「イリーナ、ライオネル兄様の位置は掴めたか」

「ええ、もちろんですわぁ。アンネリーゼ様と共に王都の南西にある廃教会にいるみたいです」

「廃教会だと？　なるほど、そこが兄上の隠れ家という訳か」

イリーナさんは聖竜の上から鑑定眼を使って王都全体を見渡し、ライオネル殿下とアンネリーゼさんの居場所を捜し出した。

さすがは世界一の鑑定士と名高い彼女の鑑定眼。ターニャさんの力も十分にすごい汎用性だと思ったが、イリーナさんはまるで子供向けの絵本の間違い探しをするがごとく、広い王都から瞬く間に人捜しを完遂した。

もはや、鑑定という域を超えているような気がする。もっと、そう神秘的な力と言っていいとさえ思ってしまう。

「はぁ、疲れたわぁ。ターニャちゃん、肩を揉んで頂戴《ちょうだい》」

「ん……、分かった」

ライオネル殿下の居場所を見つけて一つ息を吐いたイリーナさんの肩を、ターニャさんはマッサージする。

こんなにも素直に言うことを聞く彼女は、やはり祖母であるイリーナさんのことを大切に想い、尊敬しているのだろう。

「さて、エレシア。ここから先は危険だからエルルと共に聖竜の上で待っていてほしい。聖竜にはエレシアを守るように命じておくから」

「きゅ、きゅーん」

「レオン様はライオネル殿下のところに行くのですね？」

「当たり前だ。これは王族の問題だから、私が直接兄上を説得する。――大丈夫だ。これでもそれなりに鍛えているんだ。そう簡単にはやられはしない」

レオン様はライオネル殿下のところに危険を顧みずに向かうと断言した。

考えてみれば、ライオネル殿下はエドワード殿下の野望を知らないだろうし、アンネリーゼさんの催眠状態さえ解いて、レオン様が説得すれば無駄な抵抗をやめて降伏するかもしれない。

つまり、レオン様がライオネル殿下のもとに向かえば、早く決着がつく可能性があるのだ。

ただそれでも、危険だということには変わりない。

私はレオン様のことが心配でならなかった。そして、彼の側から片時も離れたくなかった。

「レオン様の仰《おっしゃ》るとおり、危険だということは分かっています。ですが、ここで私が自分の身の安全を選択しては、あなたの妻として相応《ふさわ》しくない気がするのです」

「エレシア……」

「どうか共に戦わせてください！　きっとお役に立ってみせます！　我儘《わがまま》なのは承知していますが、私にも覚悟を決めさせてください！」

間違った選択かもしれない。

護衛であるターニャさんやリックさん、そしてイリーナさんにすら迷惑をかける可能性があるかもしれない。

でもここで戦いを恐れて隠れているようでは、この先にレオン様とどんなに険しい道を歩むことになろうとも共に生きる、と誓ったことが嘘になってしまいそうで、私は退くことができなかった。

それに、私にはアンネリーゼさんから託された魔力がある。この力を私自身を守るためだけに使いたくない。

アンネリーゼさんを助けるためにも使いたいと思っている。

だから私はレオン様に同行したいと願った。もちろん怖くないと言ったら嘘になる。死にたくないし、さっきから腕が震えている。

だけどありったけの勇気を振り絞って、共に行きたい！

「まったく、どんな時でもあなたは美しいな。エレシア」

「レオン様、私は真剣なのです。からかわないでください」

「いや、私が惹《ひ》かれたのはあなたのその気高い精神だったのかもしれない。あの日、あなたのその強い意志の籠もった瞳が、私の目に焼きついたんだ。それが、さらに時が経ってもまだ美しくなるとは思いもよらなかったぞ」

いきなり何を話し始めるのかと思えば、美しいと言われるなんて。

予想外の返答に、私は冷たい夜風に当たりながらも体温がぐんぐん上昇しているのを感じた。

――レオン様、共に困難に打ち勝てるように頑張りましょう。

私はこれからどんな試練が襲いかかってきたとしても、ずっと彼についていくと誓う。

「若いっていいわねぇ。こりゃ、レオン殿下とエレシア様の子供どころか孫を見るまで頑張らなきゃ。ターニャちゃん、今度は首をお願いするわぁ」

「分かった……。エレシア様、好きにするがいい。何があっても守る」

「無論、私もこの聖剣に誓ってエレシア様に傷一つ負わせませんぞ」

「きゅ、きゅ〜〜ん」

どういう訳か聖竜の上では、和気藹々《わきあいあい》とした雰囲気になってしまった。

状況は厳しいはずなのに、私が我儘《わがまま》を言ったはずなのに、明るい未来が待っている。

そんな予感しかしなかったのだ。

いや、予感で終わらせる訳にはいかない。終わらせられない。

私は自らの手をグッと握りしめて、必ず笑って今日の日のことを語ろうと決意した。

やがて廃教会の近くに聖竜が着陸して、私たちはライオネル殿下とアンネリーゼさんの待っている場所へと近づく。

「では、ライオネル兄様に私の結婚相手を紹介しに行くとしよう。兄上がいくら妨害しようとも私はエレシアと結婚をすると」

「私もライオネル殿下に認めてもらいに行きます。この先どんなに困難な道が待っていようと、私にはレオン様と共に歩む覚悟があることを知ってもらうために」

心臓の鼓動が速くなる。あの日見た彼女の凄まじい力を思い出したからだろうか。

あの時は彼女にもらった魔力のおかげで何とか魔法を相殺することができたけど、もはやそのような芸当は難しいだろう。

ルナセイラで遭遇した彼女の分身体の二倍の力を持っているのだから。

でも、私にはレオン様が、イリーナさんが、そしてリックさんとターニャさんもついている。念のため全員に身体強化魔法を早めにかけた。

「長くは保ちませんが、これを……」

「これがエレシアの身体強化か。なるほど、体が羽根のように軽い」

「エレシアちゃん、やるわねぇ。私が教えたらぁ、超一流の魔術師になるかもしれないわぁ」

何も心配はないはずだ。大丈夫、恐れることはない。勇気を持って一歩を踏み出すのだ。

私がそんなことを考えていると、廃教会から誰かが這うようにして出てきた。

あの人影はライオネル殿下でも、アンネリーゼさんでもない。

それは私がよく知っている人だった。なぜ、あの子がここにいるのだろうか。

「えっ？　まさか、あの子は」

「……お、お姉様。エレシアお姉様」

地面を這うようにこちらに向かってくる者の正体、それはレナだった。

イリーナさんに狼藉《ろうぜき》を働き、国内でお尋ね者になっていた彼女。それも、ガリガリに痩せて、見る影もなく体中が汚れてしまっている状態で。

一体、彼女に何が起こってしまったのだろう。こんなところにいるなんて思ってもみなかった。

想定外の再会に私はいきなり混乱してしまった。

覚悟を決めて、ライオネル殿下とアンネリーゼさんに挑もうとした矢先だというのに。

「え、エレシアお姉様……、はぁ、はぁ……、お助けください……、わたくしが間違っていました……、お姉様のことが羨ましかっただけなのです……、罰なら受けますから……」

息を切らしてレナは私のもとに力なく這って近づく。

レナが反省の弁を述べている？　今までに一度もこのような態度を見せたことはなかったけれど。

ただ随分と衰弱しているようで、このままだと本当に死んでしまってもおかしくないくらいだったので、私はすぐに彼女に駆け寄った。

「レナ、一体どうしてここに？　あなたはイリーナさんに暴力を振るって逃げたと聞いています」

「は、話せば長いです……、はぁ、はぁ、水を飲ませて……くださ、い」

「ふぅ、分かりました……水ですね。とにかく話はあとで聞きますし、責任は取ってもらいます」

この時、私は気づいてしまった。

この子には自分の夫を取られたし、何度も嫌がらせのようなことをされたけど、そんな妹でも心の底から恨むことができないと。

姉として、彼女に責任を取らせる義務があるということを。

私はリックさんから水筒を受け取り、彼女に水を飲ませようとする。レナは水筒に手を伸ばそうとしたが、よろけて私にもたれかかった。

彼女の体は異様に冷たい。顔色も悪くて血の気が引いているように見えた。

「やっぱり、お姉様は……、お優しいのですね。……わたくしに、……こうして、接してくれるなんて……、甘いですよ……、本当に、そういうところが大嫌いッ！」

「れ、レナ⁉」

その瞬間、レナは私を突き飛ばして懐からナイフを取り出す。そして私の心臓を目がけてそれを突き立てた。

妹から殺意が籠められた刃を向けられて、私は呆気《あっけ》にとられてしまう。

ああ、私は馬鹿者だ。最後の最後までレナのことを信じてしまっていたのだから。

なぜ、この子は私にこれだけの恨みを？　どうして、レナは私のことをこんなにも憎んでいるのだろうか。

「はぁい、そこまでよぉ」

「――か、体が動かない」

驚きのあまり体が動かず。私はレナの持つ凶刃をただじっと見つめることしかできなかったが、イリーナさんがパチンと指を鳴らすと彼女の動きがピタッと止まった。

そして、右手に持っていたナイフがカランと音を立てて地面に落ちる。

これはイリーナさんの魔術だろうか？　一瞬すぎて、魔力を使った形跡すら感じられなかった。

なんて鮮やかな魔法捌きだろう。この洗練された魔法の技術はアンネリーゼさんよりも上かもしれない。

「エレシア様の優しさに免じて殺さないでいてあげたわぁ。私が二度見逃すなんて普通はしないのよぉ」

「お、お前は……、宮廷鑑定士……、お前のせいで、お前のせいで……、わたくしは、わたくしは——!」

レナは殺意の籠もった視線を、今度はイリーナさんに向ける。

そういえば、聞いた話だとイリーナさんがファルマンを診《み》た時に、子供を望めぬ体だと話したことがきっかけで、レナの偽装妊娠が判明したとか。

だからといってイリーナさんを恨むのはお門違いだ。逆恨みをしているとしか思えない。

「わたくしは、お姉様も、お前も、絶対に許さ——、うぐっ！」

「レナ様ったら、せっかく逃げるチャンスでしたのに、エレシア様に危害を加えようとするなんて。酷すぎますわ。いくらライオネル殿下の命令だとしても家族を大切にしないなんて、軽蔑《けいべつ》します」

猛烈な突風がレナを吹き飛ばした。

この魔法は私が一番得意とする突風を引き起こす魔法。

そして、感じるのはターニャさんやイリーナさんよりもはるかに凄まじい力を持つ者の、強大で規格外の魔力。

レナを飛ばした魔法はかなり力が加減されていたみたい。それでも、彼女は仰向けに倒れてうめき声を上げている。

「アンネリーゼさん……」

目の前にアンネリーゼさんが現れた。間近で見るとやはり圧倒されてしまう。

それにしても夜になると一層、彼女の光は強調される。その姿は神話の女神を彷彿とさせるようだ。

こんな人外じみた力の持ち主を相手に一瞬の隙なんて作ることができるのだろうか。

「久しぶりねぇ、アンネリーゼ様」

「あら、イリーナ先生もご一緒ですの？　これは心強いですね。ライオネル殿下はあの教会の中に籠もっています。わたくしは手を抜くことができませんが、先生のお顔を見て安心しました。どうかわたくしに殺されないでくださいまし」

「うふふ、操られているのにそんな余裕の態度を見せるなんてさすがは私の弟子ですねぇ。安心しなさぁい。すぐに助けて差し上げますぅ」

アンネリーゼさんの銀色の光はより一層強くなり、イリーナさんもそれに合わせて黄金の光を放つ。

夜だというのに、ここだけ真昼のように明るい。

銀色と金色が眩しく輝く中、ライオネル殿下は未だに姿を見せない。

それは当然だろう。ライオネル殿下が捕まったら、アンネリーゼさんを操っている意味がなくなるのだから。

「イリーナ先生、お手合わせ、お願いしますわ」

「いくらでも相手にしてあげるわぁ。さぁ、かかってきなさぁい」

アンネリーゼさんは上空にいくつも魔法陣を出現させて、巨大な氷柱をこちらに向かって飛ばしてきた。

しかし、イリーナさんは腕を組みながら地面に大量の魔法陣を展開させて、そこから火球を飛ばして、すべての氷柱を蒸発させる。

なんて規格外な戦いをしているのだろう。これが超一流の魔術師同士の戦いというものなのか。

「レオン様、エレシア様、ここは私とターニャちゃんとリックくんに任せてぇ。どうやらライオネル殿下は一人みたいです。油断しているからか、護衛も連れていませんわぁ。

二手に分かれたほうが利口みたいですよぉ」

イリーナさんは余裕の表情で口角を上げ、私に告げる。

イリーナさんとターニャさんは二人とも鑑定眼を持つ、凄腕の魔術師。そしてリックさんは聖剣デュランダルを持つ剣術の達人。

アンネリーゼさんにかけられた催眠術を解くと言ってはいたが、失敗する可能性もある。

私たちがライオネル殿下さえ捕らえることができれば、アンネリーゼさんを抑えることも可能かもしれない。

なんせ、催眠術を使っているのはライオネル殿下なのだから。

「二手に分かれるのはいい手ですが、お気をつけてくださいい。わたくし、誰も教会には通すな、とライオネル殿下より命令を受けておりますので」

アンネリーゼさんがパチンと指を鳴らすと地面が隆起し、巨大な土の腕が何本も出てきて私たちのほうに伸びてくる。

魔法のスケールが違う。こんなに凄まじい魔法は見たことがない。

イリーナさんの相手をしつつ、こちらの動きにも注意を怠らないなんて。呆気《あっけ》にとられる私たちは土の腕に掴まれそうになった。

「そのための護衛が私たちだ。……神槍《グングニール》ッ！」

しかし私たちを守るように、ターニャさんが幾本もの黄金の槍を出現させて土の腕を粉砕する。

こんなに大規模な魔法を連続して使うとは……

黄金眼の力を惜しみなく使っているようだ。かなり無理をしているように見える。

「レオン殿下、エレシア様！　今のうちですぞ！」

リックさんは聖剣デュランダルを抜いて、私とレオン様に大声で叫ぶ。

彼の言うとおりだ。時間を稼いでもらっている間にアンネリーゼさんの横をすり抜ける。

「おやりになりますわね」

「お二人には手出しさせませんぞ」

当然、アンネリーゼさんは再び地面から大量の腕を出現させてこちらに差し向けるも、今度はリックさんがそれを迎撃した。

「今だ、エレシア！　行くぞ！」

イリーナさんはもちろん、ターニャさんもリックさんもかなり無理していたように見える。

催眠術を解いてくれると信じているけど、私たちがライオネル殿下を捕まえれば、彼らの負担は大きく減るはず。とにかく急がなくては。

私はレオン様に手を引かれて廃教会の中に入った。中は薄暗く、数本の蝋燭の淡い光が唯一の光源だった。

そして、奥からこちらに近づいてくるシルエットが見える。この方が、私たちの命をずっと狙っていたという……

「レオン、久しいな。そして、貴様がエレシア・エルクトンか。なるほど、ここまで来るとは愚図ではなさそうだ……」

アーツブルグ王国第二王子、ライオネル。

今までに見た誰よりも自信に満ち溢《あふ》れた顔をしている彼は、一筋縄ではいかないように見えた。

しかし、私たちはライオネル殿下を説得する義務がある。

必ずや、この馬鹿げた賭けをやめさせなくてはならない。

「アンネリーゼも存外だらしない。たった三人に抑えられよるとは」

「ライオネル兄様、もう馬鹿な賭けはやめてください！　この賭けはエドワード兄様がクーデターを起こすための目くらましなのです！」

レオン様はライオネル殿下を説得する。

この話を簡単に信じてくれるような方ではないかもしれないが、アンネリーゼさんをイリーナさんたちが三人で抑えているこの状況。

彼の切り札であるアンネリーゼさんは身動きがとれない状況なので、彼が強硬手段に出ることはないだろう。

なんせ、ここにはライオネル殿下しかいないのだから。彼はこの時点で追い詰められているはずだ。

……しかし、事はそう簡単に進まなかった。

「ふはははっ！　何を言い出すかと思えば、エドワードがクーデターだと？　今さらすぎて話にならんわ！　余があの男の企《たくら》みに気づかぬとでも思うたか！」

「――えっ⁉」

「あ、兄上はご存じだったのですか？　エドワード兄様がクーデターを起こそうとしていることを」

ライオネル殿下が口にしたのは、エドワード殿下がクーデターを企《くわだ》てていることを知っていた、ということ。

それでは、なぜこの方はエドワード殿下の企《たくら》みに乗っているのだろうか。利用されているというのに、それに加担するメリットなどないはずだ。

知っているにもかかわらず、こんなことをする理由が私には分からない。

「エドワードは『死神の契約』を成した。それは間違いない。となれば、やつの計画が始まる前に余がレオンとエレシアの結婚を不可能にすれば、契約は執行される。すなわち、エドワードは余の下につくということだ」

「私はエレシアと結婚します」

「そんなことなど知らぬ。余はお前の意志など聞いてはおらん。ああ、そうさな。どうしてもその女を守りたくば、自害することを勧めるぞ。そうしたら、お前の心意気に免じてエレシアの命は保証してやろう」

追い詰められたこの状況で、未だに私に対して殺気を放つライオネル殿下。

どうもおかしい。この方はまだ何か切り札を持っているように見える。でないと、ここまで余裕の態度は見せないような気がする。

「兄上、あなたが何と言われようと私はエレシアと共に生きます。それが私のたった一つの野望にも等しい願いですから。兄上が何をしようと無駄です。私は何があっても二人で生き延びてみせます」

「レオン様……」

レオン様はライオネル殿下に自分は決して屈しないと宣言した。

どんなに苦境に立たされても、共に生きると主張したのだ。

私はそんなレオン様の言葉を聞いて感無量だった。そうだ、私も決して折れない。最後まで戦い続ける。

「ほう。青二才《あおにさい》が随分と上等な口を利くようになったではないか」

「もう子供ではありませんので。兄上、アンネリーゼにかけた催眠術を解いてください。彼女は何も関係ないはずです」

「馬鹿を言え。あの女は使える。余の最も使える手駒を離すものか」

「そうですか。ですが、そうしなくともイリーナがきっと彼女を元に戻します。そうなると、兄上の勝ちの目がなくなるのは自明の理。降参したほうが兄上のためです」

レオン様ははっきりとライオネル殿下に降参を促した。

アンネリーゼさんの催眠状態を解くことをはっきりと否定したが、イリーナさんが解ける術を持っていると伝えることにより、少しでもライオネル殿下の動揺を誘ったのだろう。

「くっくっく。やはり、甘いな。レオン、お前は兄をナメすぎている。その甘さがある限り、愛する者と結ばれるなど叶わぬと知れ！」

「エレシア！　危ない！」

突然、ライオネル殿下の身につけている腕輪が赤く光を放ったかと思えば、私の背後の壁が焼けて崩れた。あれは強力な炎の魔法だ。

炎が当たらないようにレオン様が反射的に私を突き飛ばしてくれたので二人とも無事だったが、戦々恐々としてしまう。

ライオネル殿下が魔法を使った？

そんなことができるなんて、レオン様は言っていなかったはず。

「そんな、兄上にこのような芸当ができるなんて」

どうやらレオン様も今初めて知ったらしい。ライオネル殿下がこのように強力な魔法が使えるということを。

「アンネリーゼは余の最強の護衛だが、公爵家の令嬢ゆえに常に共にいることはままならん。ならばこそ、この腕輪の出番よ。これにはあやつの魔力が込められている。降参しろ、レオン。頼りの護衛がいなくてはエレシアを守れまい」

ライオネル殿下の余裕のある表情の理由は、恐るべき切り札のせいだった。

それにいち早く気づいて最初の一撃は躱《かわ》すことができたが、そう何度も上手くはいかないだろう。

私たちは大ピンチに追いこまれてしまった。

「それにしても、随分と軽い身のこなしだったな。確実に当てられると思ったが」

「あいにくですが、私には勝利の女神がいますので」

「ふむ。勝利の女神ときたか。だが、このまま逃げきれるかな？」

レオン様にかけた身体強化魔法。そのおかげで難を逃れたのは事実だが、このままでは状況は好転しない。それに身体強化魔法はさほど長くは保たない。

とにかく、逃げることだけは悪手だ。背を向ければ格好の的になるのだから。

目を逸らしてはならない。私はここから一歩も引いてはならない。

「私たちはまだ負けておりません」

私は手に魔力を集中して、ライオネル殿下のほうに手のひらを向ける。

あの腕輪にはアンネリーゼさんの魔力が込められているらしいけど、私にだって彼女から受け渡された力がある。

敵うかどうかは分からないけど、少なくとも無抵抗でやられるつもりはない。

「おいおい、何の冗談だ？　エレシア・エルクトン。まさか余と戦うつもりなのか？　いい度胸ではないか」

「私は負けません。必ず、レオン様と幸せになるって決めましたから。そのためにはどんな障害にも立ち向かうって決意したのです」

「え、エレシア！　や、やめろ！　そんな無茶なことは！」

レオン様、止めないで。私は生きるための選択をしたのだから。

無茶させてほしい。あなたとの未来を生きるために、私はがむしゃらになりたい。

「喰らえ！　そして、消えろ！」

「風よ、すべてを穿《うが》て！」

ライオネル殿下が私に向かって手を翳《かざ》し、私はそれに合わせて魔法を放つ。

互いの魔力はぶつかり合い、そしてその余波で私は吹き飛ばされてしまった。

「はぁ、はぁ……、だ、ダメですね。足に力が入りません……」

何とか無事だったが、気づくと私は膝をついてしまっていた。どうやらライオネル殿下の炎の魔法を私の風の魔法によって相殺できたようだ。

目の前にはライオネル殿下が怒りの形相を浮かべて立っている。見れば彼の腕輪には無数の亀裂が走っている。

もしかしたら私の使った風の魔法の威力が強くて、ライオネル殿下の持つ腕輪を損傷させたのかもしれない。

「こ、この女、余に、この次期国王たるライオネルに、恐怖を与えよって！　許さぬ、許さぬぞ……！」

亀裂の入った腕輪から赤い光が放たれ、ライオネル殿下の腕を覆ってゆく。

さっきよりも数倍大きな光だ。ライオネル殿下は本気で私を殺そうと考えている。ものすごい殺気だ。これほどの殺気に当てられたことはない。

国王になるというライオネル殿下の執念が、そのまま私に向けられている。

「ならば、もう一度。立ち上がって、あなたを魔法で……」

何とか立ち上がって、もう一度魔法を使おうとしたけど、酷く体を打ちつけたせいで上手く立ち上がれない。

このまま、ここで死ぬ訳にはいかない。なのに、私はここにきて足に力が入らない。

——絶対にここは踏ん張らないといけないのに。どうして最後の力を振り絞ることができないの……⁉

「愚か者め！　聖女でもない凡人が余に敵うものか。大人しく殺されればいいものを、浅ましく食い下がりよって！　どれだけ余に逆らえば気が済むのか！」

分かっている。私は大した力もない凡人だ。アンネリーゼさんみたいなすごい力もない。

でも、引き下がりたくないのだ。

ここで退くことは、未来を放棄することと同義。

絶対に立ち上がることを諦めるものか。この方の執念に押し潰されるなんて、そんなの嫌だ。

「本当に愚か者だな。貴様という女は。朽ち果てて死ぬが良い！」

「エレシア！　ライオネル兄様から目を逸らすな！」

「レオン様⁉」

ふとレオン様は私を抱き上げる。私とレオン様は共にライオネル殿下と対峙する格好になる。

彼が私に触れたことで体が楽になった。まるで、レオン様と一体になったことで苦しみが半減したようだ。

これならライオネル殿下に向けて魔法を当てることに集中できるはず。

「レオン！　ここまで馬鹿だとは思わなかったぞ！　余の計画はお前らのどちらか、もしくは二人が死ねば達成される！　死にたくなければ、その女を見捨てるが良い！」

「死んでも離れません！　兄上、ご容赦ください！」

ライオネル殿下はレオン様に私から離れるように忠告したけれど、彼は力強く拒否する。

そう、私たちは二人とも離れるつもりはない。ライオネル殿下の腕からは巨大な赤い光が照射され、私もまたさっき以上に魔力を込めて魔法を放つ。

再び、眩い光がこの場を支配した。

◆

「んっ……、んんっ……、はっ⁉」

「気づかれましたか？　兄上……」

ライオネル殿下の腕輪は砕け散り、彼は数分ほど気絶していた。私とレオン様は、ライオネル殿下が気を失っているうちに彼を縄で縛っていた。

これで私たちはようやく落ち着いて、彼と話すことができるようになったのである。

本気で私たちを殺そうとしたこの方に対して、憎くないと言ったら嘘になるけれど、レオン様の手を血に染めるようなことはしたくない。

対話で何とかできるのならそうしたいというのが本音である。

「そうか、余は負けたのだな。まだまだ青二才《あおにさい》のガキだと思うていたが、少々侮《あなど》っていたか」

「いえ、少し前まで兄上の言うとおり私は子供でした。しかしながら、今の私には守りたい人ができましたゆえ」

「抜かしおる。よき女を手に入れたな。次期国王を目指す身であらば認める訳にはいかぬが、貴様の兄としては認めてやってもいい」

憑き物が落ちたかのように穏やかな表情となったライオネル殿下は、私の顔を見る。

もしかしたら、これが本来の彼の顔なのかもしれない。

まさか兄としては認めるという言葉が飛び出すとは思わなかった。

「余が全力で殺そうとして生き延びたのだ。エレシア・エルクトンよ、お前には王族の妻になる器量がある。このレオンは甘っちょろい愚弟だが、面倒を見てやってくれ」

「承知いたしました」

褒め言葉としてはどうかと思うが、とりあえずライオネル殿下にはこれ以上交戦の意志はないみたいだ。

良かった。まだまだ問題は山積みだけど、ライオネル殿下に命を狙われることはなくなった。

「兄上、アンネリーゼを止めてもらえませんでしょうか？　催眠術を解いてほしいのです」

「そうしてやろうと思ったのだがな。どういう訳か知らぬが、余が解除命令を出しても、あの女の催眠状態が解けぬのだ」

ライオネル殿下は自嘲気味に首を横に振った。

どういうことなのか……イリーナさんは術者でないとかけられないと言っていたけれど……

「それでは、なぜライオネル殿下は私にレオン様を頼むなんてことを」

「アンネリーゼがな、お前のことを買っていた。レオンが憧れたお前は自分などには殺されんとな。あの女の言うことは今のところ全部当たっている。余は実績を重んじる主義なのでな」

アンネリーゼさんがそんなことを言っていたなんて。

私のことを信じてくれたのだろうか。なんで、私が彼女から魔力を託されたのか分かったような気がした。

「ならば、やはりイリーナたちの成功を祈る他ないか。――なっ⁉　伏せろ！」

「――っ⁉」

「痛いわねぇ」

「まったく、面倒なやつだ……」

「ぬうっ⁉　レオン殿下！　エレシア様！　ライオネル殿下を捕縛したのですね！」

　突然、廃教会の入口が半壊してリックさんとターニャさん、そしてイリーナさんがこちらに吹き飛ばされ、床に転がる。

　何事もないかのように立ち上がるが、三人は傷だらけで、劣勢だということはすぐに見てとれた。

「レオン兄様、エレシア様、ライオネル殿下を捕縛されたのですね。信じておりましたわ。お二人ならそれを成し遂げる、と」

「………」

「しかし、どうやらわたくしにかけられた暗示は解けなかったみたいですわね」

　虚ろな視線で私たちを称賛しながら、彼女はこちらに手を翳《かざ》す。

　すると、この廃教会に入る前と同様に、床から土でできた巨大な腕が伸びてきて、私に襲いかかる。

「エレシア！　危ない！」

　レオン様が私を庇《かば》うように抱えて、巨大な腕を躱《かわ》す。身体能力強化のおかげでいつもよりもパワフルで機敏になっているけど、魔法の効果はもうすぐ切れそうだ。

　しかし、アンネリーゼさんはイリーナさんたちを相手取っていたけれど、その魔力は尽きることを知らないみたい……

「レオン兄様、どうかそのままエレシア様をお守りください。今度はもっと避けるのが難しくなりますから」

「アンネリーゼ……」

「信じています。レオン兄様とエレシア様は必ず幸せな夫婦となって結ばれると。どんな試練にも打ち勝つことができると、わたくしは信じています……！」

アンネリーゼさんが腕を振り上げると、彼女の背後の地面が隆起して岩や瓦礫《がれき》が浮かび上がる。

何ということだ。彼女は確実に私のことを仕留めるつもりだ。あの岩をこちらに飛ばされたら避けることなど不可能。

このままだと私もレオン様も、彼女の魔法によって瓦礫《がれき》の下敷きにされてしまう。

彼女は私たちなら彼女自身を救えると信じているみたいだけど、一体どうすれば……

「このままだとすべてを押し潰してしまいますわ。どうか、それだけはさせないでください。こんなことわたくしは望んでいません」

アンネリーゼさんは悲痛な声を上げているけど、その行動は容赦なかった。

彼女が腕を振り下ろすと、瓦礫《がれき》や岩などがこちらに向かって凄まじい勢いで飛んでくる。

何とか的を絞らないように広範囲に攻撃しているのかもしれないが、規模が大きすぎた。

どうしよう。アンネリーゼさんの動きを止めるにはどうしたら——

「ぬおおおおっ！」

「やるわねぇ。さすがは私の自慢の弟子よぉ」

「だからこの変態聖女は面倒なんだ……」

リックさんは聖剣で、イリーナさんは凄まじい突風で、ターニャさんは幾本もの槍を出現させて、アンネリーゼさんの無差別攻撃を迎撃する。

一見すると、リックさんたちは善戦しているように見えるが、彼らはすでに息が上がっている。一方、アンネリーゼさんはまだまだ余裕がありそうな表情をしている。

ターニャさん曰く、彼女の魔力は無尽蔵。神にも等しい力を有しているとのことだから、このように大規模な魔法を使ってもほとんど疲れないのだろう。

このままだと、どちらの体力と魔力が尽きるのか、それは目に見えていた。

「イリーナ先生もターニャさんもリックさんも……随分と苦しそうですね？　ごめんなさい。まだ止まりそうにありませんの」

アンネリーゼさんは再び岩や瓦礫《がれき》を浮かび上がらせながら謝罪した。

しかしながら、次の攻撃の規模はさきほどよりもさらに大きい。

本当に私を殺さない限り、その攻撃はやまないのだろうか。

「さすがにキリがないな。だが、私たちは折れない。助けると決めたからな」

「ターニャと久しぶりに意見が合ったな、そのとおり！　我らはどんな攻撃にも屈することはありませんぞ」

「さすがですわ。その忠誠心には感服いたします。ターニャさんもいつもよりも可愛らしくて、大好きですわ」

「うるさい……、加減しろ。馬鹿」

彼女は再び瓦礫《がれき》の山を飛ばす。

こ、これはやはりさきほどよりも量が多い。いくらターニャさんたちでも捌くのは難しそう。

この廃教会も、入口だけでなく建物全体が徐々に崩れてきており、危険な雰囲気が私たちを焦らせた。

「まだまだ！　こんなものでは参りませんぞ！」

「意外と芸がないやつだな」

しかし、二人はこれまでに見せたこともないほどの力を発揮して瓦礫《がれき》の山を弾き返した。傍から見ても、かなり無理をしているように見える。

何度倒れても立ち上がる二人の姿を見て、私は涙が流れそうになっていた。

「やはり素晴らしいですわ。ですが、そろそろ限界に見えますが。大丈夫ですか？」

「勘違いするな。ここからが本番だ。お前のことも助けてやるから待っていろ」

「――っ⁉　おかしなことを言いますわね。それは愛の告白ですか？　ターニャさん」

「ふざけるな、おぞましい」

ターニャさんは彼女も助けると口にして、素早い動きで彼女を翻弄《ほんろう》する。

アンネリーゼさんは妹弟子だと言っていたターニャさんにとって、彼女は大切な人なのだろう。

「うっ⁉」

「ぬおっ⁉」

「アンネリーゼ様ぁ、少しは自重なさぁい。あなたが一瞬でも大人しくしていれば、私があなたを元に戻してあげるわぁ」

「イリーナ先生、わたくしは全力で抗《あらが》っておりますわ。エレシア様を殺さなくてはならないという衝動を抑えて、抑えて、抑えておりますの。イリーナ先生の眼ならそれを見抜いていらっしゃると思っていましたのに」

「あら、まぁ。これは失礼しましたぁ」

アンネリーゼさんはすぐにターニャさんとリックさんを吹き飛ばすと、イリーナさんに向かっていく。

これで彼女が倒されたら、私たちは抗《あらが》う術がない。絶体絶命のピンチだ。

「ようやく捕まえたわぁ。アンネリーゼ様、私のすべての魔力を使ってあなたを止めますねぇ」

「……イリーナ先生、感謝します」

イリーナさんは、そんなアンネリーゼさんの背後に一瞬で回りこみ羽交い締めにする。

ようやく、これでアンネリーゼさんを元に戻すことができる。

「……参ったわぁ。魔力が足りません」

「えっ？」

「エレシア様ぁ、あなたにお願いがあります。アンネリーゼ様の手を握りしめてくださぁい。あなたの力が必要です……！」

突然、イリーナさんが私に指示を出す。

どうしよう……と思ったけれど、意味なんて考えている暇はない。

私は立ち上がり無我夢中で走って、アンネリーゼさんの手を握った。その瞬間、眩い光が彼女から放たれて、廃教会に突風が吹き荒れる。

私の意識はそれに耐えられず、途切れてしまった。

◆

「はっ！　レオン様！　あ、アンネリーゼさんは⁉　皆は⁉」

気づいた時には、すでに夜明けが近づき空が明るくなっていた。

聖竜にもたれるようにして寝かされていた私の目の前には、レオン様が心配そうな表情で座っていた。その後ろにはリックさんとターニャさん、そしてイリーナさんとアンネリーゼさんが立っていた。

どうやら皆さん無事みたい。どういう理屈なのかは分からないけど。

「戦闘中にイリーナが診断したところ、アンネリーゼがエレシアに託した魔力を手にすれば、自動的に術式が解除されるようになっていたらしい」

「まさか、アンネリーゼさんはそのために私に魔力を渡したのですか？」

「ライオネル殿下がわたくしにさらに強力な催眠術をかけることは間違いありませんで

したから。しかし、そのためにかけた自己暗示が強すぎて、ライオネル殿下の催眠解除を受け付けなくなってしまったとは……本末転倒ですわ」

「まだまだ修行不足ですねぇ。力のコントロールの訓練をなさぁい」

「イリーナ先生……肝に銘じます」

イリーナさんがアンネリーゼさんとの交戦で魔力を使いすぎて、術の解除が難しくなってしまったが、彼女は自らにかけられた術を解いた。

私に託した魔力を自らに取りこんだ瞬間に元に戻ることができるように、あらかじめ仕込んでいたらしい。

そんなことができるなんて、とは思ってしまったけど、彼女は規格外の聖女だし、何ができても不思議ではない。でも、今回はそのせいでアクシデントを招いたみたいだ。

「レオン殿下の書状もきちんと陛下に届いたとのことですよぉ」

「それで、父上は動いてくれそうか？」

「ええ、エドワード殿下の企《たくら》みに気づけなかったことを悔やんでいたみたいですがぁ、すぐに身柄を確保する準備を始めたみたいですぅ」

イリーナさんの使用人に託したレオン様の書状は、無事に国王陛下に届いたみたいだ。これでエドワード殿下の野望が明るみになる。

「捕まればいいがな。用心深いエドワードのことだ。計画が露見することくらい読んでいただろう。余が兄上なら、父上の動きを注視した上で自ら動く」

「ライオネル兄様、それはどういう意味ですか？」

「レオンよ、呆けている暇はないぞ。あの男は余がアンネリーゼを手駒にするのも放っておいたのだぞ。おそらくは対抗手段があるのだ。父上が動いたとて、素直に降参するはずがあるまい」

国王陛下はエドワード殿下の企《たくら》みを聞いて、彼を捕まえるために動き始めたみたいだが、ライオネル殿下は彼が捕まるかどうか懐疑的だった。

ライオネル殿下は自らの野望が崩れてしまったからか、エドワード殿下を止めるようにレオン様を鼓舞しているみたいだ。

調子がいいような気がするが、邪魔をしないのならばそれでいい。

「力を貸してくれませんか？　ライオネル兄様もエドワード兄様を止めたいのでしょう？」

「力を貸せだと？　レオン、貴様は甘い男だ。さきほどまで自分の婚約者が余に命を狙われておったのだぞ。そんな男を頼ろうとするのか？」

「もちろんです。すでに賭けは不成立。ともすれば、兄様がエレシアに手を出すことはあり得ません。エドワード兄様の手の内を最もご存じなのはライオネル兄様ですから」

レオン様はリックさんに命じてライオネル殿下の拘束を解かせた。

これで彼は自由を得たが、果たして私たちの味方になってくれるのだろうか。

この人はアンネリーゼさんの家族を人質に取るような人なのに。

「生意気を抜かしおる。エドワードの手の内と言っても余もほとんど知らんぞ。聖獣をすべて王都に集める方法を知っているくらいだ。聖竜がレオンと契約している以上、契約日数が切れてから四体の聖獣と契約するか。それとも――」

ライオネル殿下が話をしている最中、突如として大地が震え出した。

「じ、地震⁉」

地震にしても、これは大きいです。揺れが大きすぎて立っていられない。

これはまるで、この世の終わりのような、天変地異が起きる前触れのような不気味な震動だ。

さらにその恐怖を掻き立てるような異常が上空で起こる。

「れ、レオン様、そ、空が――」

夜明け前にもかかわらず、空が黄金色に輝いている。

ゼルバトス神山で聖竜が現れた時よりも荘厳で神々《こうごう》しい、そんな雰囲気が上空に漂っていた。

これは本当に大変なことになっている。このままだと、どうなってしまうのか。

「ちっ、やはりエドワードのやつ。早まったか」

「ライオネル兄様……？」

「余が負けたことを察して、計画を先走ったのであろう。聖竜以外の三体の聖獣さえ手に入れれば、この国を獲れると計算してな」

聖竜以外の三体の力さえあればクーデターを成功させられる。そう考えたエドワード殿下は、レオン様の契約切れを待たずして、聖獣たちを集めようとしているみたいだ。

「では、空があのように異常な輝きを放っているのは」

「聖獣たちを集めていると考えて間違いない。王都のどこかで何かしらの術を使っているはずだ。エドワード自身か、それとも別の術者を用意しているのかは分からないが」

ライオネル殿下は、アンネリーゼさんに対抗することができるほどの術者の存在を仄《ほの》めかす。

たしかに、普通ならば神にも等しい力を持つアンネリーゼさんを味方にしようとするライオネル殿下を、そのまま放置するなんてことは考えられない。

少なくとも、ライオネル殿下がアンネリーゼさんの家族を人質にすることを阻止しようとするだろう。

「とにかく、エドワード殿下を止めることがぁ先決。さすがに聖獣が三体暴れ出したら面倒ですからぁ」

「まだ止めることは可能なのですか？」

「時間はあまりないですけどぉ、急げば間に合うかもしれませんわぁ。三体と『血の契約』を結ぶのはそれなりに時間がかかるはずですぅ」

ならばこうしてはいられない。すぐにエドワード殿下のもとへと急がないと。

私たちは無言で頷《うなず》き合って聖竜に乗り、空へと舞い上がる。

イリーナさんなら上空から見渡せばエドワード殿下の居場所も分かるとのこと。彼女は目を文字どおり光らせて、王都全体を探った。

「イリーナ先生、エドワード殿下の居場所は見つけられましたか？」

「さすがはエドワード殿下ですわねぇ。隠れる気など一切ないみたいです。あの方は王宮の屋上におりますわぁ」

「ということは、父上はエドワード兄様の確保に」

「失敗したようだな……」

アンネリーゼさんも加わって、私たちは六人で聖竜に乗ってエドワード殿下のもとを目指す。

エドワード殿下がいるのは、王宮の屋上。

それが指し示している事実は、国王陛下が彼を止められなかったということだ。

つまり、エドワード殿下にはそれほどの戦力があるということ。

こちらはアンネリーゼさんやライオネル殿下とひと悶着あったあとで、疲労困憊《こんぱい》にもかかわらず、それを相手にしないといけない訳だ。

一番元気なのは無限に近い魔力を持つアンネリーゼさんだった。

「ターニャ、リック。体力的に辛いかもしれんが、クーデターを阻止するためにはお前たちの力が必須だ。もうひと働き頼めるか？」

「問題ない……。ちょっと寝たし」

「このリック。体力だけはこの国の誰にも負けませんゆえ、必ずやお役に立ってみせます」

レオン様の問いかけにターニャさんとリックさんは頼もしく言葉を返す。

「アンネリーゼも頼めるか。この国を守るために力を貸してほしい」

「ようやく聖女らしい仕事ができますわ。任せてくださいまし」

目に輝きを取り戻したアンネリーゼさんは、レオン様の問いかけに首を縦に振って了解の意を示した。

アンネリーゼさんが味方であることがとても頼もしい。エドワード殿下がどんな手段を用いるか分からないけど、何とかなりそうな気がしてしまう。

「私も今度は遠慮しない。聖竜の力を武力として使ってでも兄上を止める」

「レオン殿下、もしかしたらぁエドワード殿下を殺さなくては止められないという事態もあり得るかと思われます。その覚悟はぁ、ございますかぁ」

「もちろんだ。国が滅びる瀬戸際に悠長なことを申すつもりは毛頭ない」

それはつまり、レオン様は兄を殺してでも止めるということ。

彼はライオネル殿下にはそのような殺意は持っておらず、またそういったことができないタイプだと私は思っていたし、そうしてほしくなかった。

彼はきっと、本心ではエドワード殿下を殺してでも、とは思っていないはずだ。

王宮の屋上にはすぐに到着した。

屋上の真ん中辺りから、金色の光が渦を巻いて上昇している光景が見える。

その光は渦の中央にいるエドワード殿下から放たれていた。

以前に会った時とは明らかに雰囲気が違う。エドワード殿下は一体、どうしてしまったというのか……

「エドワード兄様！　聖獣を呼び出して何を企《くわだ》てるつもりですか！」

レオン様は聖竜の上から、その異常なほどの光の渦を放っているエドワード殿下に話しかけた。

以前会った時は、いきなり賭けの話を持ちかけられて混乱した覚えがあるが、まさかこんなことをするために動いていたなんて、夢にも思わなかった。

「レオンか。アンネリーゼまで揃っているところを見ると、ライオネルを見事に打ち破ったのだな。エレシア嬢にベットした身としては嬉しくもある。レオンよ、大義であった。褒めてやる」

腕を組みながら仁王立ちしているエドワード殿下は、鋭い眼光をこちらに向けて私たちの状況を見抜いた。不思議だが、彼からこちらに対する敵意は感じられない。

屋上では、百人を超える兵士がエドワード殿下を守っている。

「レオン、俺の下につくのだ。お前はエレシア嬢と結婚できればいいのだろう？　約束してやろうではないか。俺が国を獲ればお前たちの結婚式は国を挙げて盛大に行《おこな》ってやる。せいぜい幸せな生活を送ればいい。お前たちに俺の邪魔をする理由はないはずだ」

エドワード殿下は不遜げにレオン様に言い放つ。私たちの結婚を認めて、盛大に祝うとも告げた。

それならば自分が王になろうが問題ない、と言っているのである。

「私を見縊《みくび》るな！　王位に興味がなくとも、私は父が愛したこの国を愛している！　エレシアと出会えたのは戦争が終わったからだ！　再びこの国を戦火の中に入れさせてなるものか！」

「……親父殿の腑抜けがすでに感染しておったか！　俺を止めたくば、力尽くで止めてみよ！」

レオン様はエドワード殿下に立ち向かうことを選んだ。

この方についてきて良かった。私はどんな結果になろうとも彼についてきたことを決して後悔しないと確信した。

そうだ。このどこまでもまっすぐな信念に私は惹《ひ》かれたのだ。

「しかし、信じられない。あのような凄まじい力をエドワード兄様が持っていたとは」

「おそらくあれはぁ、一過性のものですねぇ。でもぉ、地下から大いなる力を吸収してぇ神と同等と言えるような、とんでもない力を手に入れていますねぇ。アンネリーゼ様をも超える強大なる力を」

「王宮の地下深くから力を得ているだと⁉」

エドワード殿下からはアンネリーゼさんを超えるほどの凄まじい光が渦巻いていたの

で、レオン様はそれを訝しく思っていたようだ。

イリーナさんの鑑定眼によると、エドワード殿下は大きな力を地下深くから手に入れているとのことだった。

この国の地下に何かがあるのだろうか。クルトナ王国出身の私にはさっぱり分からない。

ただ分かっていることは、ここにきて最大の敵と遭遇してしまったことだけだ。

「ふははははっ！　お前らが俺の力に驚いていることは分かっている。お前らはなぜ、ここアーツブルグの地に四体の聖獣が眠っているのかも知らんのだから無理もない！」

「アーツブルグの地に聖獣が眠っている理由……？」

「この王宮の真下には四百年以上もの間、神が封印されているのだ！　聖獣たちはその神の力を分散して封印するために存在しているにすぎん。俺は古文書を読み漁り、聖獣たちをすべて呼び寄せて神の力を借り受けることができるようになった。我が国こそ、神の国。つまり世界を牛耳《ぎゅうじ》るに相応《ふさわ》しい国なのだ！　この国に必要なものは武力！　そして、強きリーダー！　すなわち俺だァッ！」

王宮の下に神様が眠っている？　だから、聖獣が眠っているというのか。

エドワード殿下は、神の力を借り受けることに成功した自分こそがこの国を引っ張っていくに相応《ふさわ》しい、と言い放つ。

アンネリーゼさん以上の力、神の力を有する彼だからこそ、聖獣たちをここに呼び寄せることが可能という訳だ。

そんなエドワード殿下を止める手段はないように思われた。しかし、イリーナさんとターニャさんは諦めずに鑑定眼を駆使してエドワード殿下の弱点を探る。

「語るに落ちましたねぇ。力を借り受けているだけなのでしたらぁ、その力を受け取っている魔道具があるはずですわぁ。ライオネル殿下が使っていた腕輪やアンネリーゼ様の分身体が持つブローチのように」

「ということは……あのネックレスが王宮の地下から神の力とやらを受け取っている魔道具か……」

エドワード殿下が身につけているネックレスを外すか、壊せば彼を止めることができるはず。

単純だけど簡単ではなさそう。

でも、決して不可能ではないはず。

「それならば話は早い。このリックがエドワード殿下のネックレスを破壊してご覧にいれましょう！」

リックさんは聖竜から飛び下りて、聖剣デュランダルを上段に構えて一気に振り下ろす。

巨大な岩山をも一刀両断するほどのリックさんの強力な一閃。

常人なら成す術もなく絶命してしまうだろう。

「愚か者め！」

「――っ⁉　かはっ！」

しかし、今は常人ではないエドワード殿下は、リックさんの聖剣を右手で掴み、もう片方の掌底を彼の腹に押し当てて吹き飛ばしてしまった。

吹き飛ばされて王宮の屋上から落ちそうになったところを、リックさんはギリギリで踏ん張り聖剣を床に刺すことで事なきを得たが、その表情は愕然としていた。

「語るに落ちるとはこちらのセリフだな、イリーナよ。俺が自らの手の内を晒したのは、その程度のことなど意味を成さないからだ。この魔道具を壊せるものならやってみるがいい。その時は潔く負けを認めよう」

自分が負けるはずがないとエドワード殿下は宣言する。

リックさんの聖剣を素手で掴むほどの力。彼が万能感に酔いしれるのも納得できる。

「参ったわねぇ。思っている以上にエドワード殿下の力が強大みたい」

「だが、隙を狙ってやるしかないのだろう……」

ターニャさんの目が琥珀色の光を帯び、聖竜から飛び下りるのと同時に黄金の槍を十本ほど、王宮目がけて落とした。

それだと王宮を崩壊してしまいそうな気がするが、いいのだろうか。

しかし、エドワード殿下は余裕の表情を崩さない。彼の目がターニャさんと同様に琥珀色に発光したかと思うと、黄金の光が竜巻のように巻き上がり、降り注ぐ槍をすべて弾いてしまった。

「俺の王宮に手を出すとは、いい度胸じゃないか」

リックさんとターニャさんが子供のようにあしらわれている。こんな方から一本取ることなど可能なのだろうか。

「聖竜よ！　エドワード兄様のネックレスを破壊するのだ！」

『グルルルル！　ガアアアアッッッ！』

レオン様の言葉で、聖竜はエドワード殿下目がけて、口から聖剣デュランダルと同じような、金でも銀でもない不思議な色の光を吐き出す。

レオン様は、本気でエドワード殿下を殺してしまうつもりなのだろうか……

エドワード殿下を呑みこむ勢いで聖竜が吐き出した光に、さすがの彼も守勢に回る。

両手を突き出して光を押さえ、動きも緩慢になっている。

「レオン、本気で俺を……！　ぐぬっ、聖獣を使うとは！　だが、この程度で俺は折れぬ！」

聖竜の力もまた人智を超えた凄まじいものだが、エドワード殿下は何とそれすらも上空に向かって弾いてしまう。

「ふははは！　俺の勝ちだ！　残念だった——」

「今だ！　アンネリーゼ！」

「承知いたしました！　レオン兄様とエレシア様は決して諦めませんでした！　わたくしも諦めませんわ！」

「ぐはっ⁉　あ、アンネリーゼ——」

彼女はエドワード殿下が油断した瞬間を見逃さなかった。

アンネリーゼさんは素早く魔法を発動させて、エドワード殿下の腹を、石でできた巨人の腕で殴り飛ばした。

銀色の光の翼で羽ばたきながら、アンネリーゼさんは聖竜から飛び下りエドワード殿下に向かっていく。

そして、どんどん魔法を使ってエドワード殿下を追い詰めようとした。

しかし、大地に大穴を空けるほどの彼女の魔法をもってしても、エドワード殿下のネックレスに傷一つつけることすらできないみたいだ。

「ちっ、驚かせおって。だが、今の俺は聖女よりも強い。なぜなら俺自身が神だからだ！」

膝をついていたエドワード殿下だが、すぐに立ち上がり、彼女よりも強いと咆哮する。

「それがどうしました？　わたくしは、わたくしよりも力がなくても、懸命に手を取り合って限界以上の力を見せてくれた方々を知っております。今度はあなたがそれを思い知る番ですわ」

アンネリーゼさんはその咆哮に抗《あらが》い、銀色の翼をエドワード殿下に向けて振り下ろす。

エドワード殿下はその銀色の翼を何とか受け止めたが、数メートルほど吹き飛ばされて再び膝をついた。

それは、アンネリーゼさんの力がエドワード殿下の力に匹敵していることを示す。

「ぐぬっ……、やはり神の力を得ても貴様だけは俺の領域に躙《にじ》りよってくるか。だが、まだ俺のほうが上のはずだ！　粉々に砕け散るがいい！」

「神槍《グングニール》ッ！」

「ぬおおおっ！　エドワード殿下！　お覚悟を！」

エドワード殿下はアンネリーゼさんの頭に手を伸ばして攻撃しようとするが、それをターニャさんとリックさんの連携によって防がれてしまった。

どんなに大きな力を持っていてもエドワード殿下の体は一つ。どうやら、集中力が足りずに力を上手く使えないみたいだ。

「小賢《こざか》しい真似をする！」

「あら、ターニャさん。援護などしていただけるなんて、思いませんでした。やはりわたくしのことを愛してくださっているのですね」

「別にお前を援護したつもりはない」

アンネリーゼさんの隣にターニャさんが並ぶ。

かつてはイリーナさんのもとに共に弟子入りをした仲だからか、かなり仲が良さそうだ。気心が知れているから、こういう場面でも軽口を叩くことができるのだろう。

「エドワード、余の一人負けになどせんぞ！　かかれ！　あの男のネックレスを破壊するのだ！」

「「はっ！」」

「――っ⁉　ライオネルの私兵団が戻りよったか！　忌々しい！」

さらに、突如として現れたライオネル殿下が、私兵団を率いてエドワード殿下を包囲する。

圧倒的多数で彼一人を囲むこととなるが、エドワード殿下はまだ余裕の表情を崩さない。

「仕方あるまい。少しばかり早い気もするが、貴様らを早急に消し去るには聖獣を呼び出す他あるまい」

エドワード殿下は両手を天空へと掲げてさらに光の渦を巨大化させる。

まさか、聖獣を三体この場に出現させるつもりでは。

王宮の屋上は緊迫感が増してきた。

大気の震えが増して、まるで空が落ちてきそうな異様な雰囲気が屋上に漂う。

「超大規模の空間転移魔法ねぇ。あれが起動すると遠くにいる聖獣たちがこちらに移動してきてしまいますぅ。そうなったら、もう打つ手がありませんわぁ」

イリーナさんはその鑑定眼を使い上空を見上げると、時間がないと私たちに告げる。

徐々に空が割れ広がり、何やら怪しい光がこちらに降り注ぐ。この光が聖獣たちが移動しているということだろうか。

「はは、ははは！　強き国がもう少しで誕生する。世界の覇権を握るための力を俺は手にするのだ！　あと一分も経たぬうちに聖獣は俺の手に落ちる！」

「レオン、急ぐのだ！　余の期待を裏切るのは許さぬぞ！」

「レオン様、ライオネル殿下はああ言っておられますが」

「まったく、ライオネル兄様はさっきまで敵対していたのに好き勝手言ってくれる。エレシア、聖竜に身体強化魔法をかけてくれ」

「えっ？　……はっ⁉　承知いたしました！」

ライオネル殿下が発破をかける中で、レオン様は冷静に戦況を見つめながら私に指示を出す。

そうか。私の魔法で聖獣をさらに強化すれば……。そう思ったのと同時に私は魔法を使う。おそらくこれが最後のチャンスになるだろう。

『グオオオオオオオン‼』

「聖竜よ！　ネックレスをもう一度狙ってくれ！」

そう言っている間にも、エドワード殿下は右手を天に掲げて拳を握る。

もう時間がない。聖竜がエドワード殿下に向かって仕かけようとしているが、間に合うかどうかギリギリだろう。

しかし、エドワード殿下は空中に浮遊して的を絞らせないようにして、高らかに勝利宣言をする。

「聖竜のブレスはたしかに強力。だが、しかし！　タイムリミット。俺の勝ちだ！　レオン！」

「そ、そんな……」

つまり、空から残り三体の聖獣が現れて、私たちの勝ち目がなくなるということだ。

聖竜を見て、私たちは聖獣というものがどれだけ凄まじい力を持っているのか知っている。

それが今度は三体もエドワード殿下の味方になるというのだから、絶望せざるを得ない。

私たちは愕然としながらも空を見上げた。

しかし、彼が高らかに言い放ったあとも、空は相変わらず物々しい雰囲気を漂わせているが、何かが降りてくるような気配はしない。

エドワード殿下もアテが外れたのか憮然とした表情だ。

「レオン兄様！　わたくしの魔力でエドワード殿下の術の起動を遅らせています。今のうちに早く勝負を決めてくださいまし！」

いつの間にか空高く飛翔していたアンネリーゼさんの声が上方から聞こえてきた。

彼女がエドワード殿下の空間転移魔法とやらを抑えてくれているみたいだ。

「アンネリーゼ！　よくやった！　エドワード兄様、年貢の納め時です！」

「ぬうううっ！　俺をナメるな！　さっきみたいに弾き返してやるわ！」

そうだった。

エドワード殿下はさきほど、聖竜の攻撃に耐えきっている。彼のネックレスを壊すには力が足りないのだ。身体強化魔法をかけた聖竜の力でどうにかなるか、それは賭けだった。

「レオン兄様！　エレシア様の力を信じてくださいな。お二人の力を合わせれば、負けないはずですわ！」

アンネリーゼさんが私たちにそう伝えてくれる。

強化された聖竜の攻撃が当たれば、こちらに勝利が転がりこむみたいだ。それを聞いたレオン様は聖竜をエドワード殿下に向かって突撃させる。

「エレシア！　振り落とされないように注意してくれ！」

「分かりました」

「行くぞ！　これが最後だ！」

「レオンごときが俺に勝てると思ったか！　侮《あなど》っておるのか、この俺を！」

エドワード殿下は懐からナイフを取り出して、私を目がけて投げつけようとしている。

なるほど、私を攻撃してレオン様の集中力を切れさせようとする作戦か。最後の最後で随分と姑息な手段に出たようだ。振り落とされないようにと言われたが、私は立ち上がり魔力を集中する。

「風よ、すべてを穿《うが》て！」

私は自分のすべての魔力を込めて得意の風の魔法を放った。これでも器用さには自信がある。レオン様の邪魔はさせない。

ナイフは風の魔法で弾かれどこかに飛んでしまい、エドワード殿下に強力な突風が直撃した。

「今だ！　聖竜よ！」

レオン様がそう言った時、私の体は宙を舞っていた。

限界を超えて魔法を使ったがためにバランスを保つ体力すらなくなり、聖竜から落下してしまったのだ。

ドジなことをしてしまったと心底思ったが、後悔はしていない。

聖竜の口から不思議な輝きの光が放たれる様子を確認できたからだ。身体強化魔法によって強化されたからなのか、その光はさっきよりもはるかに大きい。

良かった。レオン様についてきて。

かなりの高さだから、このまま地面に叩きつけられたら助からないと思う。でも、最後の最後まで自分の信念を貫けたことが私は誇らしかった。

そう思っていたのだが、いつまで経っても地面には届かない。

それどころか落下する感覚すらなくなっている。

これはどういうことだろう。私に一体、何が起こったのだろうか。

「きゅーん……？」

「――っ⁉」

目を開けてみると、私は馬くらいの大きさの竜の上に乗っていた。

その竜の顔には見覚えがある。

――エルルは聖竜の幼体。

ターニャさんがそんなことを言っていたような気がする。まさか、エルルが大きくなって私を助けてくれたのか。

思わぬ幸運に私は言葉を失ってしまっていた。

「やれやれ、エレシア様は無茶をされる方ですね。あなたのような可愛らしくて素敵な女性が亡くなると、わたくしは寂しいですわ。力の使い方を考えてくださいまし」

「アンネリーゼさん、ありがとうございます。バランスを崩して落下する時、アンネリーゼさんと目が合ったので助けてもらえるかもと甘い考えが浮かんでしまいました。その前にエルルが大きくなってしまったのですが……」

「豪胆すぎますわ。もしも、レオン兄様に飽きてしまわれたら、その豪胆さでわたくしのもとに来てくださいまし」

「えっと……ごめんなさい。レオン様と一生を共にすると決めていますので」

私を助けるために急降下していたらしいアンネリーゼさんは、ホッとしたような表情でこちらを見つめる。

彼女にも心配をかけてしまった。申し訳ないと心の底から反省している。

「上をご覧になってください。決着がついたみたいですわ」

アンネリーゼさんの指さすほうを見ると、エドワード殿下のネックレスは砕け散り、気絶して落下しようとしている彼をレオン様が助けていた。

空はいつの間にか元通りの青空を見せている。エドワード殿下の野望も阻止できたのだろう。

この国に来て、二人の王子の賭けに巻きこまれたことから始まった一ヶ月にも及ぶ騒動は、この瞬間に終わりを告げた。

たったの一ヶ月とはとても思えないくらいの濃い日々だった……

◇エピローグ

「息子たちの不祥事にも気づかず、エドワードの刺客に軟禁されるとは国王として情けないことだ。エレシア殿、此度はそなたに多大なる迷惑をかけてしまい申し訳ない。このとおりだ……」

国王陛下は深々と私に頭を下げた。

息子の婚約者とはいえ、一国の王がこうして臣下の人間、しかもつい最近まで隣国の人間だった者に頭を下げるとは、異例中の異例のはず。

私は思いもよらない目の前の出来事に、思わず恐縮してしまった。

「陛下、頭を上げてください。レオン様たちのおかげで私はこのとおり怪我一つなく無事です。私は何一つ、誰一人として恨んでなどいませんから。どうぞお気になさらずに」

私は頭を下げる国王陛下に向けて伝えた。

命を狙われたこと自体はとても怖いことだったが、レオン様の人となりをよく知ることができたし、私も少しだけ自分に自信が持てるようになったのだ。

結果的には無事に解決したし、得られたもののほうが多かった。

この一ヶ月での成長は何物にも変えられないと断言できる。

「誰一人として恨んでおらぬと申すか。ふむ、レオンよ。お前はとんでもない大器を妻に持つことになったのう。幼き日にエレシア殿に見惚れたというお前の眼はたしかだったということか」

「私も驚いています。共に過ごしていると、彼女の新しい一面を次々と発見し何度も惚れ直してしまいましたから。そういう意味では私には彼女が魅力的すぎて少々刺激的な毎日でした。そして、何よりも、そんなエレシアとこれからの人生を一緒に歩むと考えるだけで幸せです」

レオン様は私を過剰に持ち上げる。そこまで言われると少し恥ずかしい……

私は、ターニャさんやリックさんに守ってもらわないと何もできないし、特別な力もなかった。

アンネリーゼさんに魔力をもらったから多少は自衛できたくらいで、旅では足を引っ張っていたはず。それなのに、レオン様は特別な力がなかったからこそすごいと力説する。

これは違うのだ、と訂正しなくてはならないかもしれない。

『ひたすら前に進もうとするあなたの姿は私に勇気を与えてくれた。だから、兄上たちにも立ち向かおうという気概を持つことができたのだ』

エドワード殿下やライオネル殿下は、レオン様にとって畏怖すべき存在だったそうだ。私にはレオン様がそんな二人に堂々と立ち向かっていたように見えていたが、彼は私が側にいなかったらそれは無理だったと話してくれた。

「うむ。そうか、少し見ないうちに随分と成長したのだな。それなら、今後お前たちにこの国を任せることもできそうだ」

「……え？」

「ち、父上⁉」

突然、国王陛下は変なことを仰《おっしゃ》った。

この国を任せられるって……それはまるでレオン様に王位を譲るという風に聞こえるけれど。

「レオンよ。お前は王位など興味がないと言っていたが、この国がエドワードの反乱によって戦火の中に突き進もうとしている時、命懸けで救おうとしてくれた。ワシはお前以外にこの国の王に相応《ふさわ》しい器はいないと思うとる」

「……父上、それは過大評価です。たしかにエドワード兄様とライオネル兄様は不祥事を起こしましたが、それでも私より……」

「お前はお前が思うとるよりも優秀だ。国王になる資質は十分だよ」

陛下はエドワード殿下とライオネル殿下に王位を継承しようとは考えておらず、レオン様に王になってほしいと切望しているみたいだ。私もレオン様はその器だと思うのだが、そうなると私はまさか……

「それにエレシア殿が王妃ならワシも安心だ。お前が道を違《たが》えそうになったとしても、必ずや正しき方向を示してくれるだろうからな」

「エレシアが王妃か。……分かりました。すぐにという訳にはいきませんが、これから王になるべく精進しようと思います。この国をより良い方向に導くために」

「うむ、頼んだぞ」

こうして私たちの結婚式まで残り二日という段階で、何とレオン様は次期国王に内定してしまった。

少し前まで離縁して出戻りの娘だった私が、まさか次期王妃になるとは。予想などできるはずもない。

未来に不安がない訳ではないが、私たちは今回の一件を乗り越えられた。これから待ち受ける困難もきっと二人で越えることができるだろう。

◆

それから私とレオン様は王宮の中庭を散歩することにした。

花壇から漂う花の香りが何とも心地よい。

「あなたの妹であるレナはクルトナ王国に送還されるそうだ。エルクトン侯爵家は彼女の一件の責任を取らされ、爵位を剥奪されるそうだが、な」

「そうですか。レナの犯したことは許されることではありませんから、お父様が責任を逃れることは難しいでしょうね」

「ふむ。エルクトン侯爵が最も恐れていた両国との摩擦を彼女が犯したのだからな。何とも皮肉な話ではあるが」

お父様は爵位を失い、妹は没落予定の実家に戻る。

厳密に言えば、レナはまだベルモンド公爵家の人間なのだが、ファルマンたちは顔も見たくないと言っているらしい。

ベルモンド公爵も今回の一件でレナの不始末の責任を負わされ、公爵の席を追われると聞いた。

「いよいよ明日、私たちは夫婦となる。この一ヶ月と少しの間、随分と長かった気がするな」

「私もそう思っていましたが、過ぎてしまうと早く感じました。レオン様のお側にいることが幸せだからかもしれませんが」

「これからさらなる困難が降りかかるかもしれん。どうも、この国には私が知らない秘密があるみたいだからな。それでも、私が茨の道を進むことになろうとも、エレシア・エルクトン……あなたについてきてほしい」

「もちろんです。どんなことがあろうとも私は決して、レオン様のお側を離れません」

私は二度目の結婚というイベントに臨む。

今度は幸せにしてもらうのではなく、二人で幸せになるのだと心に誓って。

――レオン様、あの日、心の闇に呑みこまれそうになった時、私を迎えに来てくれてありがとうございました。

あの日ほど嬉しかったことはない。

「ようやく約束を果たせるな」

「それを聞くと心が痛いです。私は約束を忘れていたのですから」

「はは、気にするな。子供の戯言《ざれごと》に聞こえたのも無理はないのだから。だが、私はそれがたまらなく誇らしいのだ」

「レオン様……」

レオン様が幼い日の約束をずっとひたむきに覚えていた奇跡に感謝しながら、私は彼と唇を重ねた。

ずっと、いつまでもこの気持ちは変わらない。

それだけは確かなものだと信じて。

真実の愛というものがあるのかどうか分からないが、変わらない気持ちというものの存在は今度こそ信じられると確信した。

書き下ろし番外編

結婚式

「とっても素敵ですわ。エレシア様！」

結婚式当日、控え室で私はようやく着替えを終えた。

ウェディングドレス姿の私を見て、アンネリーゼさんは感激したような声を上げた。

「これが、本当に私なのでしょうか」

鏡に映った自分を見て、そう呟く。

純白のドレスに、レオン様の瞳の色と同じ空色に輝くブローチ。

こんなに高級感溢《あふ》れるロングベールなど、前の結婚式の時は身につけなかった。

「アーツブルグ王国の女性は誰もが今日のエレシア様に憧れるでしょう」

「それは褒めすぎですよ」

「……何を仰《おっしゃ》います。これからレオン兄様がもっとお褒めになられますわ。国民の皆様も未来の王妃様の誕生を祝福されることでしょう」

未来の王妃。

覚悟はできているが、それでも重い言葉だ。

ここに辿り着くまで幾多の試練を乗り越えたと自覚はしている。

それでも、この先……国民の期待に沿うためにはもっと頑張らなくてはならない。

「エレシア様、緊張などする必要はない。ふわぁ……私のように脱力してだな」

「ターニャさんは緊張しなさすぎですわ。ですが、朗らかな笑顔を作る必要はありますわね」

笑顔、か。

たしかに鏡に映る自分の顔は強張《こわば》っている。

ターニャさんの言うとおり、力を抜かなくては……。

「だから気を抜けばいいんだ。結婚式は二度目なんだろ？」

「まったく、あなたときたらデリカシーというものがないのですか？　エレシア様の事情を考えて発言すべきですわ」

「エレシア様はこれくらい気にしない。大体、お前が未来の王妃などと言うからプレッシャーがかかったんだ」

「まぁ！　わたくしが悪いと仰《おっしゃ》るのですか⁉」

私のことはそっちのけで口喧嘩をする二人。

アンネリーゼさんは落ち着いた方だと思ったが、そんな顔もするのか。

ターニャさんはいつもマイペースで落ち着いていて――

「ふふ、ありがとうございます。なんだか落ち着いてきました」

「それは、何よりねぇ」

「イリーナ先生！」

「げっ……おばば様！」

音もなく、この部屋に入ってきたのは宮廷鑑定士のイリーナさん。

アンネリーゼさんもターニャさんも聞こえた声に驚いてそちらを振り向く。

「あらあらあらあらぁ、エレシア様。また一段と美しくなりましたねぇ。私の秘伝の美容魔法をかけて差し上げようと思ったのですがぁ……必要なさそうですねぇ」

「び、美容魔法ですか」

手のひらから金色に輝く粉を振り落としながら、イリーナさんはニコリと微笑む。

「美容魔法というのは、おばば様の怪しい若作り魔法のことだ」

「ターニャちゃん、あとで分かっているわねぇ？」

「……エレシア様、そろそろ私たちは式場に行くぞ。新郎新婦の入場はちゃんと見たいからな」

イリーナさんにひと睨《にら》みされたターニャさんは、焦ったような表情で控え室から出ていった。

いつもマイペースな彼女もお祖母様であるイリーナさんには弱いらしい。

「それではわたくしたちも先に行きますわね。レオン兄様、きっと喜びますわよ。エレシア様のウェディングドレス姿を見れば」

「いい顔つきねぇ。私の目がたしかなのは分かっているわよねぇ？　自信を持ちなさい」

そして、アンネリーゼさんとイリーナさんも部屋を出ていく。

もう少しで結婚式が始まる。

心臓の鼓動の音が聞こえるほど静まった部屋で待つこと数分。

「エレシア様、式場の準備が整いました。レオン殿下のもとへとお願いいたします」

「はい」

その言葉を聞いて、私は足を向けた。

緊張や期待、様々な感情が入り乱れているが、不思議と落ち着いている。

レオン様は私の姿を見て何と仰《おっしゃ》るだろうか？

◆

「今日のことをあなたと出会った日から何度も想像していた。……だが、想像力というのは頼りないいな。こんなにも麗《うるわ》しく、そして輝かしい女性を私は思い浮かべることができなかった」

レオン様は私の姿を見るなり、満面の笑みを浮かべて、手を握りしめた。

見事に着こなしている純白のタキシード姿に、私の心臓は大きく高鳴る。

今日の彼はいつもよりも随分と大人びて見えた。

「エレシア、いつも美しいと思っているが……今日のあなたは言葉を尽くしても言い表せないくらい綺麗だよ」

「レオン様も素敵です」

お互いにそう褒め合って、微笑み合い、なんだか照れくさくなってしまう。

「それでは行こうか」

レオン様は私の手を取って歩き始めた。

扉の向こうの式場には多くのゲストが私たちを待っているのだ。

いよいよ結婚式が始まる。

「緊張しているのか？」

レオン様にそう問われて、私は素直に頷《うなず》く。

「はは、私もだよ。だが、あなたとの未来を考えると、自然と気が落ち着くんだ。そして、それを現実にしたいという欲求がふつふつと湧き上がる」

「レオン様……」

「エレシア。私と結婚してくれてありがとう」

そう、彼が口にすると同時に式場の扉が開かれた。

大きな拍手が響き渡り、バージンロードを歩くごとにその拍手は激しさを増す。

そして私たちは祭壇の前に立つ司教のもとまで進み、向かい合った。

「レオン・アーツブルグ。あなたはここにいるエレシア・エルクトンを、健やかなる時も病める時も、富める時も貧しい時も、妻として愛し、敬い、慰め合い、共に支え合い、その命ある限り真心を尽くすことを誓いますか？」

「はい。誓います」

「エレシア・エルクトン。あなたはここにいるレオン・アーツブルグを、健やかなる時も病める時も、富める時も貧しい時も、夫として愛し、敬い、慰め合い、共に支え合い、

「その命ある限り真心を尽くすことを誓いますか？」

「……はい。誓います」

司教の言葉に私たちは迷うことなく返事をする。

「それでは誓いの口づけを」

私はそっと瞳を閉じた。

周囲からは拍手が巻き起こり、そしてレオン様の吐息が聞こえると、私の唇は温かな感触を感じた。

「神よ、新しき夫婦の誕生に祝福を！」

そんな司教の祝詞《のりと》と共に式場の大きな扉が開かれる。

拍手や歓声が起こる中、私とレオン様は手を取り合って祭壇を後にした。

◆

その日の夜。

王宮では私とレオン様の結婚祝賀パーティーが開催された。

パーティー会場には各国からの要人や貴族たちが集まっている。

私たちは挨拶に来てくれた方々への応対に追われていた。

「エレシア様、少し休憩をされては？」

「ありがとうアンネリーゼさん」

ようやくひと息ついた私に、アンネリーゼさんが声をかけてきた。

結婚式の準備段階から何かと気にかけてくださった彼女には感謝している。

「レオン兄様、ご結婚おめでとうございます。エレシア様を大切になさってくださいませ」

「ああ、分かっているさ。長年の夢が叶ったんだ。必ず幸せにする」

アンネリーゼさんとレオン様の会話に、私はなんだかむず痒い気分になる。

夫婦の誓いをしたというのにまだ実感がないというのも変な話だが。

「エレシア、一緒にテラスに行かないか？　少し話があるんだ」

「はい、喜んで。アンネリーゼさん、またあとで」

「ええ、お二人ともごゆっくり」

レオン様に誘われるまま私はテラスに出た。

夜風が心地よく頬を撫でる。

「エレシア……改めて私と結婚してくれてありがとう。そしてこれからもよろしく」

「……ええ、こちらこそよろしくお願いします」

私たちは互いに手を取り、微笑み合う。

「エレシア、これからは夫としてあなたを支えていくつもりだ。そのための努力は惜しまない」

「そうですね……ですが、私もあなたを支えていくつもりです。お互いに支え合う、それが夫婦なのではないでしょうか」

「エレシア……そうだな。あなたの言うとおりだ」

レオン様はそう口にすると、私を抱き寄せる。

私も彼の背に腕を回した。

「愛しているよ、エレシア……」

「私もです……レオン様」

月明かりが照らす中、私たちは口づけを交わした。

この幸せが永遠に続くことを願いながら。

思えば、私の人生は順風満帆《じゅんぷうまんぱん》だったとは言えない。

エルクトン家の長女として生を受け、侯爵家の娘として相応《ふさわ》しい淑女になるべく育てられてきた私は、清く正しく美しい女性になることを求められてきた。

そんな周囲の期待に応えることが当然だと思っていたし、不満を抱いたことなどない。

ただ、家のためにと尽くしてきた私に待っていたのは裏切りだった。

あの日ほど惨《みじ》めに思ったことはない。

でも、レオン様がプロポーズしてくれた日にすべてが変わった。

あの日を境に、私の人生は大きな転換を迎えたのだ。

レオン様と出会い、そして結ばれたことで私は初めて自分自身の意志で未来を切り開くことを学んだ。

「レオン様、私は楽しみで仕方がないのです。あなたと過ごす日常が」

「私もだエレシア。あなたとなら退屈とは無縁の人生になるだろうな」

私たちは見つめ合って微笑んだ。

輝かしい未来が私たちを待っている。

そう信じて……

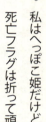

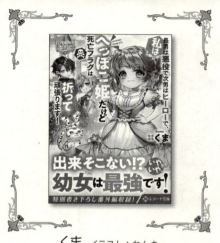

本書は、2022 年 7 月当社より単行本として刊行されたものに書き下ろしを加えて文庫化したものです。


この作品に対する皆様のご意見・ご感想をお待ちしております。

おハガキ・お手紙は以下の宛先にお送りください。

【宛先】

〒 150-6019 東京都渋谷区恵比寿 4-20-3 恵比寿ｶﾞｰﾃﾞﾝﾌﾟﾚｲｽﾀﾜｰ 19F
（株）アルファポリス　書籍感想係

メールフォームでのご意見・ご感想は右のＱＲコードから、
あるいは以下のワードで検索をかけてください。

アルファポリス　書籍の感想　検索

ご感想はこちらから

レジーナ文庫

妹《いもうと》と旦那様《だんなさま》に子供《こども》ができたので、離縁《りえん》して隣国《りんごく》に嫁《とつ》ぎます

冬月光輝《ふゆつきこうき》

2025 年 3 月 20 日初版発行

文庫編集－斧木悠子・森 順子
編集長－倉持真理
発行者－梶本雄介
発行所－株式会社アルファポリス
〒150-6019 東京都渋谷区恵比寿4-20-3 恵比寿ｶﾞｰﾃﾞﾝﾌﾟﾚｲｽﾀﾜｰ19階
TEL 03-6277-1601（営業）　03-6277-1602（編集）
URL https://www.alphapolis.co.jp/
発売元－株式会社星雲社（共同出版社・流通責任出版社）
〒112-0005 東京都文京区水道1-3-30
TEL 03-3868-3275
装丁・本文イラスト－ののまろ
装丁デザイン－AFTERGLOW
（レーベルフォーマットデザイン－ansyyqdesign）
印刷－中央精版印刷株式会社

価格はカバーに表示されてあります。

落丁乱丁の場合はアルファポリスまでご連絡ください。

送料は小社負担でお取り替えします。


ISBN978-4-434-35457-1 C0193